나는
멈추지 않는다

I'm still walking!

스포츠 인문학자의
삶과 배움

나는
멈추지 않는다
I'm still walking!

황용필 지음

이담북스

● 　　삶의 저글링 - 【1992년, 늦은 봄】

　북한산 기슭 한 호텔에서 진행되는 기업체 간부교육장을 향해 버스에 몸을 실었다.

　자리에 앉자마자 미리 사둔 신문을 읽던 중 우연히 "서울올림픽기념 국민체육진흥공단 직원모집공고"라는 기사가 눈에 들어왔다.

　군에서 갓 전역하여 한 연구기관에서 직장인 역량계발 분야에서 일하고 있던 나는 도대체 서울올림픽이 끝난 지 몇 년이 지났는데 무슨 올림픽을 기념하는 직장이람(?) 하는 의구심 가운데서도 이곳을 주목했다.

　첫 공채시험인지라 경쟁률도 치열했지만 운 좋게 입사하여 대언론 업무와 각종 연설문들을 쓰기 시작하면서 체육계에 인연을 맺었다. 연구업무를 하고 싶은 차, 몇 차례 외도도 결행했지만 그때 고참 출입기자 한 분이 참 인상적인 조언을 해 주었다.

"Mr. 황! 공단은 10년만 지나면 부러운 직장이 될 거야. 잘 들어왔어!"

순간 속으로는 "그래 당신의 말이 맞는지 틀리는지 내기해 봅시다"라고 되뇌었지만 26년 이상 한 곳에서 머무를 줄은 전혀 몰랐다.

"사람이 마음으로 자기의 길을 계획할지라도 그의 걸음을 인도하시는 이는 여호와시니라"라는 성경 말씀(잠언 16장 9절)처럼 인생을 되돌아보면 누구나 맘먹은 대로, 하고 싶은 일을 하는 것은 아니다.

산을 오를 때 도중에 바위나 개울도 만나고 갈증으로 힘도 들지만, 중간중간 물도 마시고, 바람도 쐬면서 정상에 오르면 모든 것이 묻히는 것처럼, 삶의 순간순간에 겪는 사건이나 선택, 즐거움이나 슬픔 역시 하나의 과정임을 깨닫게 된다.

지나온 직장 생활을 하면서 얻은 최고의 선물은 뭐니 뭐니 해도 다음 세 가지다.

첫째는 배움이다.

미뤘던 박사학위에 최고경영자과정 이수, 학창 시절에 접었던 미국 대학 연수, 그리고 대학강단, 일터사역, 5권의 책과 논문 등을 발표하면서 분에 넘치는 배움의 기회를 접할 수 있었다.

둘째는 사람이다.

스포츠는 물론이고 언론계, 정부나 국회, 학계의 인사들을 수시로 만날 수 있었던 것은 직장이 내게 준 최고의 인맥이었다. 한 사람과 인연을 맺는다는 것은 실로 그의 과거와 현재, 그리고 미래까지 줄곧 연결된다는 점에서 어마어마한 일이다.

셋째는 건강이다.

건강하고 활기찬 사회를 만드는 데 스포츠만큼 좋은 것도 없기에 명실상부하게 건강을 챙길 수 있는 최적의 직장이기도 했다. 특히 걷기 마니아로 다양한 활동도 하고 책도 쓰면서 걷기 전도자로서 건강을 챙길 수 있었던 것은 인생 최고의 선물이다.

코카콜라 전 회장 브라이언 다이슨(Bryan Dyson)의 메시지처럼 인생은 마치 공중에서 5개의 공-일, 가족, 건강, 친구 그리고 영혼-을 돌리는 저글링(Juggling) 게임이라면 각각의 저글링을 놓치지 않고 여전히 돌리고 있는 지금(present)은 내게 또 하나의 선물(present)이 아닐 수 없다.

●   우아한 에이징(Aging) - 【2018년 12월 31일】

27년 몸담은 회사를 떠나는 출사표(出社表) - Since 1992 To 2018

안녕 나의 Gesellschaft*

---

*   사회학자 F. 퇴니에스가 사용한 '회사' 혹은 '공단.'

먼 옛날 그리운 사람에게처럼 그대를 가만히 불러본다.

참 고맙고도 감사한 이름이네. 옛말에 공수래공수거(空手來空手去)
라지만

지금 나는 공수거가 아니라 만수거(滿手去) 심정이야.

홍안의 젊은이가 92년 어느 여름날 멋모르고 이곳에 들어와 기쁨과
슬픔 그리고 때론 좌절도 경험했지만 그대는 늘 아버지 산소처럼 엄
니의 젖가슴처럼 익어가는 세월 속에서도 나를 잘 보듬어 주었어!

인생에서 소중한 닻(anchor)이라고 해도 무방하지.

그래서 내 삶과 이야기가 얼마나 풍요로운지 아는가?

매일 걷던 길, 가던 곳, 익숙한 사람들끼리 웃고 즐기고 고민하고 마
시던 곳에서 사실 나는 가끔 불안하기도 했어.

"나의 카렌시아(Carencia), 우리들 이야기가 끝나면 어쩌지?" 하는
염려 말이지. 하지만 더 이상 바람은 죄가 될 듯싶고 시간은 종착역
(Terminal)에 왔어.

솔직히 내리려고 하니 두렵다.

언젠가 〈쇼생크 탈출〉이라는 영화를 봤지. 통쾌한 반전의 스테디필
름 말이지.

프롤로그는 아내와 그 애인의 정부를 살해한 혐의로 종신형을 받고
쇼생크 교도소에 수감되는 은행 부지점장 '앤디(팀 로빈슨 分)'의 팍팍

한 이야기로 전개되지. 모든 물건을 구해 주는 '레드(모건 프리먼 分)'도 있지만 어느 대목에 브룩스 영감이 등장하지. 50년을 감옥에서 완전히 적응한 죄수였지.

그런 그에게 당국은 자유라는 삶의 명목을 들어 세상 속으로 보내지.

준비되지 않은 자유라는 잠깐의 삶 앞에서 바깥세상의 빠름에 적응 못 하고

"나 같은 늙은 도둑놈 하나쯤 사라진다고 소란을 피우진 않겠지" 하면서 낙서로 생을 마감하지. "브룩스, 여기 있었다(BROOKS WAS HERE)."

에리히 프롬의 문제작 『Escape from freedom』이 떠오르질 않나?

비슷하게 모건 프리먼 分의 레드도 석방이 되어 이미 자신도 브룩스처럼 길들여졌다는 사실에 두려움을 갖지만 앤디의 끊임없는 희망의 속삭임으로 인해 브룩스처럼 자살을 선택하지 않았지.

주인공 앤디는 처음부터 그 자체가 자유와 희망의 아이콘이었어.

무슨 소리를 하고 싶은 거냐고? 그래 희망(HOPE)!

두려움(Fear), 불안(Anxiety), 걱정(Worry)에 붙잡힌 삶은 새장 속의 새처럼 살 수밖에 없지.

그 두려움에서 자유롭게 하는 것은 희망(Hope)이라는 사실,

그래서 이 영화의 주제처럼 "두려움은 당신을 가둬 두고, 희망은 당신을 자유롭게 하지(Fear can make you prisoner. Hope can set you free)."

희망이란 메타포는 위험한 존재야. 사람을 들뜨게 해서 때론 고문이 되기도 해. 그래서 난 희망을 남발하지 않으려네.

친애하는 나의 Gesellschaft!

위의 단에서 나는 "만수거(滿手去)"를 운운했네.

가득 찬 형상은 초승달이 점점 차올라 만월이 되는 보름달을 연상하지.

그게 '충만(Fullness)'이야. 하지만 가득 찬다고 만족하는 것이 아니야, 풍요 속의 빈곤이라는 말처럼.

그래서 난 '충분(Sufficient)'이라는 단어가 더 맘에 들어.

충분이란 '흠뻑 적셔지다'라는 의미이기 때문이지.

하지만 흠뻑 빠져보게. 거기에는 묘하게도 가득 찬 텅 빈 공간이야.

케노시스(KENOSIS),

예수가 신성(神性)을 포기하고 인간의 모습을 취함과 같은 비움의 극치야.

명예와 권위 심지어는 자존심과 목숨까지도 내려놓는다는 의미지.

보든(William W. Borden, 1887~1913)이라는 청년이 있다네.

25세의 꽃다운 나이에 세상을 떠났지만 그가 아끼던 성경책 속에서 발견한 세 개의 문장이 감동적이지.

남김없이(No Reserves),

후퇴 없이(No Retreats),

후회 없이(No Regrets)!

나도 마지막 한 달은 휴가도 떠날까 했었지. 하지만 맘을 고쳐먹고 끝까지 완주하기로 맘을 먹었어. 사랑하는 직원들에게는 '두무일'의 행복을 생각하면 미안한 일이지만 그런대로 잘했다고 나를 위로해 주고 싶어.

Good By, Gesellschaft!

19세기 미국의 지성 에머슨(Ralph Waldo Emerson)이 쓴 "성공"이란 시(詩)를 다시 음미해 보려네. 그가 정의한 성공이란 "자신이 한때 이곳에 살았음으로 해서 단 한 사람의 인생이라도 행복해지는 것"이라 했네.

그 점에서 난 늘 두려워!

영화 〈버킷리스트(The Bucket List)〉에서도 심쿵한 명장면이 나오지.

고대 이집트에선 사후세계를 믿는데, 천국에 들어가기 전 두 가지의 질문에 Yes 혹은 Sure라는 답을 해야 한다는 것이야.

"당신의 삶에서 기쁨을 발견했느냐?(Have you found joy in your life?)"

"그 기쁨을 다른 이들과 나눴느냐?(Has your life brought joy to others?)"

이제 찬찬히 그리고 깊은 호흡으로 자문하려네.

Have you found joy in my life? – Yes. Definitely, Sure!

Has your life brought joy to others? – May be.

솔직히 자신이 없네. 그래서 용서를 구하네.

이제 와 생각하니 어느 때 어느 곳에선 답이 분명한데도 지혜롭지 못해서 혹은 어쩔 수 없는 상황으로 오답을 낸 적도 있었을 것이네.

하지만 나와 그리고 우리가 했던 그 선택들을 후회 대신 교훈으로 삼고

"내 마음이 교만하지 아니하고, 내 눈이 오만하지 아니하며,

내가 큰일과 감당하지 못할 놀라운 일을 하려고 힘쓰지 아니하며"

가려네!

담담하고 용감스러운가? 천만에 내 자존심은 수많은 상처로 싸매졌네.

때로는 인사, 평가, 보직을 운운할 때 꽃자리인 것만은 아니었어,

그럴 때마다 나만의 서너 개의 굴을 만들었지. 잊지 마시게.

It is never too late to be what you might have been!

자네가 되고 싶은 그 무언가가 되기에 결코 늦은 때란 없다는 말이지.

전설의 포수 요기베라 말처럼 끝날 때까지는 끝난 게 아니야(It ain't over til it's over!).

시성 두보(杜甫)처럼 사람은 관 뚜껑을 덮은 후(蓋棺)에야 일을 결정(事定)하지.

그러니 "Let everyone see you!" 세상에 자네의 진짜 모습을 보여 주게나!

善行無轍迹(선행무철적), 잘 가는 수레는 바큇자국을 남기지 않는다고 했는데

잡설이 분분했네. Thanks A Lot, Dear Friend!

● 백로(白露)의 추억 - 【2015년 9월 8일, 백로】

가을의 길목에서 첫 이슬이 내린다는 날,

고등학교 동창이 처음으로 내 사무실을 찾아왔어.

사실 우리 때 고등학교는 세칭 '뺑뺑이' 첫 세대라서 학교 또한 내 맘이 아니었지. 그래서 졸업 이후에는 모교도 동창들도 이방인같이 살았어.

그런데 나이가 드는 건지 철이 든 탓인지 때 묻지 않던 그 시절, 그 친구들이 그리웠던 참이야.

학창 시절에도 리더십과 포용력이 있어선지 친구는 요즘도 바쁘게 사는 듯.

난 어렴풋이 사업하는 친구들이 얼마나 치열하게 사는지 조금은 알 것 같아. 한번은 'SKY'라는 서울대학교에서 조교(T.A.)로 일을 하

는데 '외판사원'이 방문했지. 1980년대만 해도 캠퍼스에는 〈Time〉지, 〈AFKN〉 영어 교재들을 할부로 판매하는 사나이들이 제법 있었어. 나는 한여름에도 땀을 뻘뻘 흘리며 학과 조교실을 찾아오는 그 남자를 외면할 수 없었지. 할부 계약서를 작성하고 시원한 커피 한잔을 대접했더니 자신도 모르게 뜨거운 눈물을 흘리며 '국민학교'밖에 못 나온 자신을 따뜻하게 대해 줘서 고맙다는 인사를 하더군.

친구는 온 김에 회사 안의 공원 호숫가를 거닐다가 마음이 가을 하늘처럼 청량하다며 가슴 따뜻한 문자를 보내왔어.

나 역시 "오후 5시에 만난 사람"처럼 열심히 사는 친구가 잊지 않고 찾아줘서 맘속으론 고마운 눈물이 났지.

● **백로(白露)의 추억 2 −【2023년 9월 8일, 백로】**

은퇴 5년 차,

직장에서 임원급 본부장이라는 타이틀을 달 때부터 은퇴 준비를 했지.

임기가 끝나자마자 바로 간단히 하프타임을 갖고 후반전을 보내자며 많은 꿈을 꿨어. 수십 군데 공기관의 기관장으로서의 도전도 했지만 대부분 각본대로 다시 원점에서 시작해야 했지. 그래도 애석하지는 않았어.

짜고 치는 그들만의 리그에 가끔 속이 상하기도 했지만 계란으로 바위를 치는 듯한 프레임에 분해 본들 무슨 이익이나 의미가 있으랴?

1888년, 니체가 『잠언과 화살(Sprüche und Pfeile)』 속 'Aus der Kriegsschule des Lebens(인생의 군사학교)'에 썼다더군.

나를 죽이지 못하는 것은 나를 더 강하게 만든다!

Was mich nicht umbringt, macht mich stärker!

(What doesn't kill me, makes me stronger!)

미국의 자연주의 작가 존 버로스(John Burroughs, 1837~1921)도 비슷한 말을 했더군.

인생에서 여러 번 낙담할 수는 있다. 하지만 그건 실패가 아니다.

다른 사람 탓을 하고 모든 시도를 멈추는 순간이 바로 실패다.

A man can fail many times,

but he isn't a failure until he begins to blame somebody else.

60대 이순(耳順)의 시절, 고용보험의 실업급여 기간을 제외한 5년 남짓한 시간을 나는 거의 매 학기 사무실도 없이 터벅터벅 먼 길을 나서 대학에서 학생들에게 강의를 해 오고 있어.

세칭 '보따리 장사'여서 힘과 권세는 없지만 그나마 불러주는 학교가 있고 들어주는 학생들이 있으니 얼마나 다행이고 감사한지 몰라.

수도권의 어느 대학에서 진행하는 강의는 어느 학기에는 학생 수가 100명을 초과하여 분반을 할 정도로 초만원이었는데 겨우 교과 정족수 20명을 채운 단출한 강의장일 때도 있어.

그런데 참 이상하고도 마음이 새털처럼 가벼워.

예전 같으면 새벽밥을 챙겨 먹고 서둘러 나서서 두 개 반을 감당했는데 오전 11시 느긋한 시간에 차분히 나서니 지갑은 비록 반절로 줄었는데도 왜 이리 시간 부자에 마음 부자, 에너지 부자가 된 것이냐!

나는 출석 확인 시간에 한 사람 한 사람 이름을 정성껏 부르며 이름과 얼굴과 전공을 연상시키기에 애를 썼지. 전에 없이 달라진 제스처라고 할까?

누군가 은퇴 후 300만 원 월급쟁이는 남은 인생을 저당 잡힌 삶이라고 했어.

초인적 철학자 니체도 멋진 말을 했지.

"모든 인간은 시대를 막론하고 자유인과 노예로 나누어진다고 주장하고 싶다.

하루의 3분의 2를 자신을 위해 쓰지 않는 사람은 노예로 분류될 수밖에 없다. 가족이나 친구가 보고 싶어도 너무 바빠서 만날 수 없는 사람들이 노예이지, 어떻게 삶의 주인이라고 할 수 있겠는가?"라고 말이지.

하나를 놓으니 다른 하나가 채워지는 인생의 묘미,

7년 전 사무실을 찾아온 친구는 오늘도 열심히 이 나라 건물의 소방과 안전을 위해 부지런한 걸음을 옮기고 있다.

● 백로(白露)의 추억 3 - 【2029년 9월 8일】

그때도 아마 가을이겠지. 백로였으면 더 운치 있을 거야.

그때는 나도 윤동주 시인이 자문한 것처럼 "내 인생에 가을이 오면" 나에게 물어볼 이야기들이 많을 거야.

"누군가를 사랑했느냐?"고,

"열심히 살았느냐?"고,

"사람들에게 상처를 준 일이 없었느냐?"고,

"삶이 아름다웠냐?"고,

"어떤 열매를 얼마만큼 맺었느냐?"고

달리기를 좋아했던 하루키는 그의 묘지명을 이렇게 써넣고 싶다고 했지.

무라카미 하루키
- 작가(그리고 러너)
- 1949~20##
- 적어도 끝까지 걷지는 않았다

나는 어느 때부턴가 걷기를 좋아하게 되었고 그 분야의 글과 책을 쓰면서 나도 모르게 걷기의 인문학자로 행세하게 되었어.

하루 걷기에 건강과 묵상으로 삶을 여유(旅遊)하는 나 역시 이렇게 적고 싶어!

황용필

- 작가 (그리고 워커)
- 1959~20∝ ●
- 적어도 끝까지 멈추지 않았다

사람들아, 친구들아, 그렇게 살자!
젊은 날의 기개와 힘은 닳을망정 운명의 여신이 미안해할 정도로
남은 세월에 마음도 몸도 꼿꼿하고 꿋꿋하게 멈추지 말고 걸어가자!
눈물 나게 살아내자(Live to the point of tears)!

어디에 있든 그곳은 언젠가 네가 상상했음 직한 바로 그곳이며
그곳은 너와 나의 또 다른 출발점이다.

CONTENTS

제2부 Solvitur Ambulando (It is solved by walking)

비록 우리는 땅과 하늘을 움직였던 옛날처럼 힘이 있는 것은 아니다,
그래도 우리는 우리다,
영웅적인 마음의 기질을 가진 한마음인 우리는
시간과 운명에 의해 약해졌지만 의지는 강하다.
분투하고, 찾고, 발견하고, 그리고 굴복하지 않는다.

Tho′ much is taken, much abides; and tho′
We are not now that strength which in old days
Moved earth and heaven, that which we are, we are;
One equal temper of heroic hearts,
Made weak by time and fate, but strong in will
To strive, to seek, to find, and not to yield.

- Alfred Tennyson, "율리시스"(Ulysses. 1842년)

제1부

Ancora Imparo

(Still, I am learning)

I

배우는

삶

학문하는 도(道)는 사물의 이치를 탐구하는 것보다 앞서는 것
이 없고, 사물의 이치를 탐구하는 요체는 독서보다 앞서는 것
이 없다.

－『朱子全書(주자전서)』

길하고 흉하건, 제때이고 아니고 간에, 하루는 시간을 쓰는 사
람 하기에 달려 있다. 하루가 쌓여 열흘이 되고 한 달이 되고
한 계절이 되고 한 해가 된다. 한 인간을 만드는 일에서도, 하
루하루 행동을 닦은 뒤에야 크게 바꾼 사람에 이르기를 바랄
수가 있다. 지금 신군(申君)은 수행하고자 하는데 그 공부는 오
직 당일(當日)에 달려 있다. 그러니 내일은 말하지 말라! 아, 공
부하지 않는 날은 아직 오지 않은 날과 한가지로 공일(空日)이
다. 그대는 모름지기 눈앞에 훤하게 빛나는 이 하루를 공일로
만들지 말고 당일(當日)로 만들어라.

故日無吉凶孤旺。但在用之者耳。夫日積爲旬而月而時而歲
成。人亦日修之。從可欲至大而化矣。今申君欲修者。其工
夫惟在當日。來日則不言。噫。不修之日。乃與未生同。卽
空日也。君須以眼前之昭昭者。不爲空日而爲當日也。

－ 이용휴(李用休, 1708~1782), 〈당일헌기(當日軒記)〉 중에서

1

배움의 두 기둥

● 　불치하문(不恥下問) & 교학상장(敎學相長)

나는 배움, 공부에 대한 욕심이 많다.

어릴 때부터 "책 도둑은 도둑이 아니다"라는 어른들의 말을 자주 들었던 덕에 지금도 이순(耳順)의 나이에도 학생 같은 마음으로 공부하고 책을 읽는다.

강의 나가는 한 대학교 학술정보관에서 '2023학년도 1학기 우수 다독자'로 선정되어 상장과 부상을 받기도 하였으니 동원훈련장에서 모범 예비군으로 사단장 표창을 받은 이후 실로 가슴 벅찬 영예였다.

초등학교(당시는 국민학교) 6학년 때 처음 전기가 들어올 정도의 농촌 벽지의 어린 시절, 딱지치기에서 이긴 대가로 친구 집에서 빌려 읽은 손오공 주인공의 『서유기』의 충격과 스릴은 아직도 생생하다. 리어카와 소달구지가 최상의 이동수단인 시대였던 때에 구름을 타고 나는 손오공의 변신은 그야말로 판타스틱 그 자체였다.

그때부터 배움의 정신으로 자리 잡은 밑동은 두 가지이다. "불치하문(不恥下問)", 즉 아랫사람에게 묻는 것을 부끄럽게 여기지 않음과 "교학상장(敎學相長)", 가르치고 배우면서 성장하는 것이다. 소크라테스에게 각성을 준 델포이 신탁(Delphic oracle)과도 비견할 만한 것이었다.

그레코로만(Greco-Roman)시대에 '오라클(oracle)'은 신의 계시나 신전으로 불리는데 델포이 신전의 두 기둥에 새겨진 경구는 유독 유명하다.

'너 자신을 알라'는 뜻을 지닌 '그노티 세아우톤(gnothi seauton)'과 또 다른 기둥에 새겨진 '메덴 아간(meden agan)', '아무것도 지나치지 말라'는 뜻을 지닌 경구다.

γνῶθι σεαυτόν(그노티 세아우톤)으로 재미 본 사람은 소크라테스였고, 중용지도(中庸之道)를 라틴어로 소개한 인물은 네덜란드의 인문학자 에라스뮈스(Desiderius Erasmus)로 '결코 지나치지 말라(ne quid nimis, 네 퀴드 니미스)'라는 라틴어 격언을 많은 고전 문헌에 인용했다.

공자 역시 배움에 대한 열의와 열심은 둘째가라면 서러울 위인이다.

孔門論會友(공문논회우)

以文仍輔仁(이문잉보인)

공자 문하에서 친구 사귀는 도리는 학문을 매개로 사귀고 친구의
인격을 고양시켜 주는 관계가 되어야 하며

非如市道交(비여시도교)

利盡成路人(이진성로인)

시장 마당의 사귐과는 다른 것이다. 그들은 서로 이익이 다하면 길
거리에서 스쳐 지나가는 사람처럼 된다.

水至淸則無魚(수지청즉 무어)

人至察則無徒(인지찰즉 무도)

물이 맑으면 물고기가 많이 살지 않고, 사람이 살피면 무리가 따르
지 않는다지만 깨끗한 물이 흐르지 않으면 세상 고기가 살 수 없고 살
피지 않으면 상가지구(喪家之狗), 상갓집의 개처럼 여위고 기운 없이
초라한 모습으로 이곳저곳 기웃거리는 사람 취급 받으니 지나치지도
모자라지도 아니하고 어중간하게, 중용(中庸)이라!

●　　Ad fontes(아드 폰테스)!

　우쭐대지도 자랑질도 말고 지족의 덕이지만 욕심내도 될성부른 덕목이 배움이다.
　이런 배움에 가장 중요한 것이 바로 기본에 충실하는 것이다.

　80년대 대학원 시절 나는 대학 1학년 담당 교수 밑에서 신입생 담당 조교 역할을 했다. 당시만 해도 학생들의 데모가 일상이다 보니 신입생들이 물들지 않도록 데모나 시위에 연루되지 않고 잘 지도하라는 일종의 '짭새' 역할이었다. 나는 그들을 지도한다는 핑계를 대고 담당 교수님의 전공 시간을 몇 차례 빼먹었다. 당연히 그분이 이해해 주리라 생각했는데 성적은 참담했다. 내 결혼식 때 주례를 맡아주신 은사님인데도 불구하고 한때 성적표를 보면 섭섭했다. "그 정도면 섭섭지 않게 학점을 줘도 되잖아요?"라고

　그런데 신학교 때 미국 기독학생회(IVF)의 대표와 세계구호선교회(World Relief) 총재로 역임한 바 있는 고든 맥도날드(Gordon MacDonald)의 책을 읽은 후 맘을 고쳤다. 수많은 목회자들 멘토인 고든 맥도날드가 학생 시절, 부커(Ray Bucker) 교수에게서 수업을 받은 적이 있다. 그런데 기독교 교육 토론 리포트를 준비하느라 두 시간짜리 부커 교수의 강의를 빼먹는다. 고든은 차분하게 리포트를 잘 발표했고 칭찬을 받는 가운데 모두 자리를 떠났을 때 교수가 다가와 이런 말씀을 한다.

발표한 리포트, 참 잘 썼더군. 하지만 불행히도 썩 훌륭한 리포트는 아니네. 왜 그런지 알겠나? 그 리포트를 쓰기 위해 자네는 기본적으로 해야 할 일을 하지 않았어.

기본적인 일을 하지 않고서 성공하는 것은 위선이다.

Ad fontes(아드 폰테스)!

라틴어 접두어 ad는 to, fontes는 sources의 의미로 기본으로 돌아가라(Back to Basics)는 말이다. 근대의 창시자, 『우신예찬』의 에라스뮈스(Erasmus)가 제창한 르네상스와 종교개혁의 모토였다. 천 년의 서구 중세가 한계에 달했을 때, 인간과 사회, 문화 및 자연의 근본으로 돌아가, 그로부터 현재를 개선하고 새로운 미래를 만들어 냈다.

블랙가비(Henry T. Blackaby)가 쓴 *EXPERIENCING GOD* 『하나님을 경험하는 삶』(요단출판사 · 2021) 책에는 캐나다 왕립기마경찰이 위조지폐를 감별하는 훈련 과정을 소개한다.

경찰국에서는 경관들에게 절대로 위조지폐를 보여주지 않습니다. 그들은 오직 한 종류의 진짜 10달러짜리 지폐가 존재함을 알 따름입니다. 그들은 너무 철저하게 진짜 지폐에 대해서 연구하기 때문에 그것에 미치지 못하는 것은 모두 위조지폐입니다. 사람들이 위조지폐를 만드는 방법을 다 상상할 수는 없습니다. 그러나 그들은 사람들이 어떻게 위조지폐를 만드는가를 연구하지 않습니다. 그들은 오직 진짜만을 연구합니다. 진짜에 못 미치는 것은 다 가짜입니다.

진짜 대신 가짜에 대한 연구를 더 많이 하기 때문에 정작 중요한 본
질을 놓치는 경우가 많다. 가짜나 사이비, 유언비어들 연구 못지않게
곁가지와 주석, 해설, 앵무새, 인용하는 데에 시간을 더 투자하기에 본
질과 정수, 기본을 소홀하기 쉽다.

기본에 충실하는 자세야말로 최선이라는 성찰을 얻게 하는 길이다.

2
배움의 무게

EBS에서 방송된 '위대한 수업: 그레이트 마인즈(GREAT MINDS)'에서 흥미 있는 내용의 프로그램 한 편이 소개되었다.

한 어린이집에서 부모들은 자녀를 정해진 제시간에 데리러 오는 데 안간힘을 썼다. 어린이집이나 애들에게도 미안해서 부모들은 최대한 시간을 맞춰 오려고 노력하였다. 그런데 어린이집에 부모들이 제때 시간에 맞춰 도착하지 못하고 늦는 횟수가 더 많아졌다. 이에 어린이집은 부모가 10분 늦을 때마다 부모들에게 일정 금액의 벌금을 부과하겠다고 공지를 했다. 그런데 일어난 결과는 놀라웠다. 벌금제를 시작하고 평소보다 더 많은 부모가 지각하기 시작한 것이었다.

이유는 다소 의외의 것이었다. 벌금제를 도입하기 전 학부모들은 늦으면 죄책감을 느꼈다는데 이제는 벌금이 그 죄책감을 대체하게 된 것이다.

우리들의 생활이나 시장에서는 돈으로 살 수 없는 것들이 있다. 정신적 · 도덕적 · 시민적 재화가 존재한다는 것이다. 그중의 대표적인 하나가 공부가 아닐까 싶다.

특별히 미지의 세계를 알아가는 공부의 여정은 일종의 모험이기도 하다.

송인(宋人) 구양수(歐陽脩)가 읊기를

平蕪盡處是靑山(평무진처시청산)　벌판 다한 곳이 청산인데
行人更在靑山外(행인갱재청산외)　행인은 다시 청산 밖에 있네

라고 하였는데, 청산에 올랐다 싶었는데 청산은 저만치 있듯 배움과 지혜가 그렇다!

배움이란 때로 바르지 않고 탐하듯 지나치면 오히려 폐가 된다.

姓名粗記可以休(성명조기가이휴)
　이름자 대충 쓸 수 있게 되면 그만둬도 좋았을 것을.
何用草書誇神速(하용초서과신속)
　초서를 귀신처럼 빨리 쓴다 자랑하여 어디다 쓰겠는가.
開卷惝怳令人愁(개권창황영인수)
　책 펼치고 당황한 멀쩡한 사람들 시름겹게 할 뿐이지.

그래서 소동파(蘇東坡)는 〈석창서취묵당(石蒼舒醉墨堂)〉이란 시에서, "인생은 글자를 알면서 우환이 시작되니, 성명이나 대강 적을 수 있으면 그만둠이 좋도다(人生識字憂患始 姓名麤記可以休)"라고 다독이기도 했다.

영국의 철학자 베이컨은 "아는 것이 힘이다"라고 했지만 성경에는 "지혜가 많으면 번뇌도 많으니 지식을 더하는 자는 근심을 더하느니라"(전도서 1장 18절)라고 했고 "식자우환(識字憂患)"이란 말 그대로 '아는 글자가 되레 근심이 된다'는 뜻으로, 너무 많이 알면 쓸데없는 걱정도 그만큼 많이 하게 된다는 의미이니 과유불급(過猶不及)이다.

하지만 오늘날 우리는 학교라는 공식적인 제도를 벗어나 세상은 온통 배움터다.

만나는 사람, 스마트폰, 신문, 방송, 성경 공부, 자연 현상들을 통해 수시로 배우고 익히니 가히 세상도처유학교(世上到處有學校)다.

세간양건사경독(世間兩件事耕讀)! 조선의 천재 가운데 한 사람인 추사 김정희(秋史 金正喜)는 일찍이 일필휘지하기를

천하일등인충효(天下一等人忠孝)
천하에 제일가는 사람은 나라에 충성하고 부모에게 효도하는 사람이요
세간양건사경독(世間兩件事耕讀)
세상에서 두 가지 큰일이란 낮에는 밭 갈고 밤에는 독서하는 일이다.

라고 했다. 나는 이를 '걷기'와 '공부'로 받아들여 그중 공부는 두 가지
로 실천했다.

만학도로 주경야독(晝耕夜讀)하는 것과 만민의 취미인 독서(讀書)가
그것이다.

삶에서 학생의 기간은 지금도 진행 중이다. 천재가 아닌 우둔했기
때문이기도 하다.

직장 일을 하면서도 30년 넘게 학생으로 지내면서 박사, 2개 석사
학위, CEO 과정, Visiting Schola 과정, 위탁교육 등을 마쳤으니 내 죽
으면 의당 '학생부군신위(學生府君神位)'라는 말이면 족하다 할 것이다.

하지만 우리 주변의 이른바 공부꾼, 배움꾼들에 비하면 나의 경력
은 일천하기 짝이 없으니 말 그대로 조족지혈(鳥足之血)이다.

그래서 나는 부족한 부분은 독서로 채우려고 노력한다.

경험이나 강연, 세미나, 여행 등을 통해서 배움을 채울 수 있지만 독
서만큼 작은 투자로 저자 한 사람의 정성을 온전하게 탐닉할 수 있는

것도 드물다.

그래서 인간의 근원적 불안에 깊은 통찰을 시도한 『변신(Die Verwandlung)』의 작가 프란츠 카프카(Franz Kafka, 1883~1924)의 말처럼 "책은 우리 안의 얼어붙은 바다를 깨는 도끼다."

Ⅰ. 배우는 삶

3
배움의 달인들

학창 시절 '독서왕 경연대회', '전국고전 읽기 대회', 언론사 주최 '독서 감상문 쓰기 대회' 등에서 입상한 적이 있지만 나중에 겪어보니 이런 나는 우물 안 개구리, 요동 땅의 돼지가 대단한 것으로 여긴(요동지시, 遼東之豕) 어리석은 사람에 불과함을 알게 되었다.

독서에 관해 내게 충격을 준 사람을 꼽으라면 세 사람이 있다.

"과골삼천(踝骨三穿)",

정좌를 한 상태에서 책을 하도 오랫동안 읽어 세 번이나 복사뼈가 구멍이 났다는 다산 정약용 선생이 그 첫 번째다.

그분 밑에서 사사 받은 사람 가운데 황상(黃裳)이라는 분은 내겐 고향 어른으로 고조 할아버지뻘이다. 다산 선생이 공부를 권하자 "너무 둔하고, 앞뒤가 꽉 막혔으며, 답답하다" 했다. 이때 준 교훈이 "삼근계

(三勤戒)", '부지런하고, 부지런하고 또 부지런하라'라는 의미인데, 뒤늦게 70 나이에도 쉬지 않고 책을 보는 그를 사람들이 비웃자 "스승은 복사뼈가 세 번이나 구멍이 날 정도(과골삼천, 踝骨三穿)로 옹골차게 공부했다"며 일축했다. 낙숫물이 돌을 뚫고(수적천석, 水滴穿石), 우직하면 산도 움직인다(우이공산, 愚公移山).

이 정도면 주역을 즐겨 읽어 책 가죽이 세 번이나 헐 정도(위편삼절, 韋編三絶)로 열독한 공자에게도 손색없는 독서가이다.

또 한 사람은 박사과정 때 정치사상사를 가르치셨던 전직 총리 출신의 노교수다. 뉴욕대학교(NYU)에서 정치학을 공부한 교수님은 유학 시절 빠듯한 학비를 아끼기 위해 늘 시간만 되면 서점에서 살았다고 했다. 어쩌다 은사님이 미국에 와서 원서를 찾으면 그는 주저 없이 '교수님, 그 책은 뉴욕 시내 ○○서점 ○ 번째 칸에 있다'고 정확히 알려줄 정도였다고 했다. 공직을 그만두고서도 그분은 컴퓨터 앞에서 뭔가를 하셨다.

한번은 가르치는 우리 학생들에게 물었다.

"여러분들은 하루에 몇 페이지의 책을 읽느냐?"고

다른 학생들이 주저주저하고 있을 때 나는 당시 직장에서 홍보업무를 맡고 있던 터라 다른 누구보다도 신문이나 뉴스 잡지들을 많이 본다고 생각하여 자신 있게 "전 하루에 50페이지 봅니다"라고 대답했다.

누구는 30페이지, 누군가는 40페이지를, 누군가는 책을 아예 읽지 않는 날도 있다는 이야기를 듣고 내심 우쭐하고 있을 때 노교수는 실망한 투로 모두를 질책했다. "제군들 한심하군, 난 요즘도 매일 150페이지 원서를 읽는데…."

일본의 레버리지 컨설팅 주식회사의 대표이사 혼다 나오유키는 내게 충격적인 독서방법을 소개해 줬다. 『레버리지 씽킹』, 『레버리지 리딩』으로 우리에게 익숙한 그는 도쿄와 실리콘밸리, 하와이의 벤처기업에 자본투자를 비롯한 경영참가를 해 가면서도 아르키메데스가 발견한 '레버리지 원리'를 독서와 사고에 적용하여 연간 400여 권의 책을 읽는다고 한다.

신학을 공부하면서 제대로 된 공부꾼 멘토를 만났다.
미국의 신학 교수 한 분은 탁월한 설교와 깨우침으로 많은 사람들에게 큰 감명을 주었는데 그 비결을 묻는 학생의 질문에 그는 담담하게 답했다.

비결은 간단하네, 신학교 졸업부터 나는 매주 신약성경 전체를 한 번씩 꼭 읽겠다는 목표를 세웠는데, 지난 20여 년 동안 한 번도 어김없이 그 결심을 실천에 옮겼다네. 물론 어떤 성경 번역본보다도 헬라어 원문으로 읽기 때문에 감동도 다르다네!

모국어로도 매주 신약성경 전체를 읽기가 힘든데 헬라어 원문으로 읽는다니 놀랍다.

불교계 저술가 자현 스님은 하나도 힘든 박사학위를 여섯이나 가졌다.

중앙승가대학 불교학부 교수이자 월정사 교무국장과 불교신문 논설위원, 문화재청 전문위원 등 다양한 직함을 지닌 스님은 동양철학(율장)과 철학(선불교)을 비롯해 미술사학(건축), 역사교육(한국고대사), 국어교육(불교교육), 미술학(고려불화) 분야에서 박사학위를 취득한 것으로 알려졌다.[*]

거기다가 한 해 4~6권꼴로 출간한 책만도 60여 권, 한국연구재단 등재지에 수록된 논문이 180여 편에 이른다니 놀랄 노 자 그대로다.

뱁새가 황새걸음 흉내를 낼 필요는 없다. 뱁새에게 맞는 걸음걸이, 날갯짓, 먹잇감, 둥지는 따로 있는 것이다.

프랑스 작가 로맹 가리(Romain Gary)는 어릴 적 7개의 저글링을 목표 쉼 없이 도전했지만 번번이 실패한다. 그런데 성년 시절 전투에 참가하다 그만 자신의 전투기가 추락해서 공포에 젖었을 때 오렌지를 꺼내 저글링을 하는 순간 예상치 못한 곳에서 큰 위로를 받는다. 지금(present) 각자의 분야에서 저글링을 잘 돌리고 있다면 곧 선물(present)이고 이야기(story)가 되는 것이다.

---

[*] 2022.7.18., 동아일보, 20면.

I. 배우는 삶

4
어떻게 배울까

날고 기는 고수들과 달인들의 틈에서 그렇다면 '지금의 나'는 어떤 배움의 삶을 살아야 하는가?

어린 시절 추수가 끝난 논 도랑에는 이른바 '물천어'거리가 되는 붕어나 미꾸리, 민물새우들이 지천으로 가득했다. 그물이나 뜰채 같은 도구들이 있으면 참으로 좋으련만 열악한 시골살림에 이 또한 사치였는지라 방법은 언제 하나, 뻔한 결론 "막고 푸는 것"이었다.

흐르는 도랑 물길을 딴 데로 일부 돌리고 아주 고전적이면서도 무모한 방법, 흐르는 물줄기 위를 막고 그 아래를 막아서 잠긴 물을 고무신이나 바가지로 푸는 것이다. 무식하지만 가장 확실하게 물고기를 잡을 수 있는 원시적 어획법이다.

드넓은 지식의 강물에서 배움을 건져내는 방법도 역시 막고 푸는 것이다.

독서백편의자현(讀書百遍義自見),

배움의 노하우란 요령이나 공식 이전에 스스로 책을 백 번 읽는 꾸준함과 끈기, 인내, 그리고 끝까지 물고 늘어지는 탐구 정신이라고 할 수 있다.

『징소리』, 『걸어서 하늘까지』, 『타오르는 강』 등의 소설가 문순태(文淳太) 작가는 습작을 완성하면 동대문구장 뒤편 김동리 선생 댁으로 달려갔다고 한다. 한번은 선생이 원고를 읽다가 '마을에 들어서자 이름 모를 꽃들이 반겼다' 같은 표현이 나오면 원고를 던져버렸다.

"이름 모를 꽃이 어디 있어! 네가 모른다고 이름 모를 꽃이냐!"는 호통에 이어 "작가라면 당연히 꽃 이름을 물어서라도 알아야지. 끈적거리는지 메마른지 꽃잎도 만져보고, 냄새도 맡아봐서 아주 구체적으로 묘사해야지"라고 나무랐다고 한다. 그 후로 식물도감을 사서 공부하고서는 물가 습지식물인 물봉선이 '산꼭대기에 피어 있었다' 같은 잘못을 하지 않을 수 있었다고 말했다.

〈TIME〉지를 팔짱에 끼고 입에서 서툰 영어식 발음으로 지식인인 체하던 시절, 나는 한 연구소의 교육담당으로 일을 했다.

우리나라 유수기업 중견간부들의 의식교육 담당자로 그 방면의 유명 강사들을 섭외해서 교육을 진행하는 것이었다. 마침 '리더십' 교육에 인문학적 소양을 가미하는 강사로 당시 한림대 석좌교수로 재직하시는 고범서 선생님을 섭외하게 되었다. 전화를 드리자 선생은 나를 그의 집 아파트로 불렀다. 나는 정중하게 타이핑한 교육청탁서를 꺼내 들고 저간의 말씀을 드렸다. 선생은 문서를 꼼꼼하게 보시더니 갑자기 일어나 서재에 들어가 국어사전을 꺼내 들고 나오셨다.

그날 내가 선생께 부탁드린 강의 제목은 '중견간부들의 리더십과 역할'이란 제목이었는데 느닷없이 국어사전이라니. 선생은 둔탁한 사전을 바닥에 놓으시더니 검지로 '리더쉽'이라는 단어를 가리키며 "요즘 사람들이 영어를 쓰다 보니 우리말도 영어식으로 쓴다"며, '리더쉽'이 아닌 '리더십'이란 단어가 맞는 표기라고 적확하게 지적해 주셨다. 한 방 먹은 기분에 중국집에 들어가 큰 소리로 말했다. "이모, 여기 자장면 한 그릇!"(※2011년 8월 31일 이전까지 '자장면'만이 표준어였으며, '짜장면'은 표준어가 아니었다. 하지만 언중은 짜장면이라 불렀기 때문에 둘 다 표준어로 인정하면서 논란의 종지부를 찍었다.)

비장한 각오로 공부하기로는 신라 청년 최치원도 빼놓을 수 없는 위인이다.

지금으로부터 1000년도 넘은 신라 남쪽의 6두품 집안,

서기 868년 신라 경문왕 8년, 12살 어린 나이에 새로운 문물을 배우기 위해 생판 모르는 이역 땅 당나라로 떠나는 아들에게 아버지는 이별의 아픔으로 가슴이 먹먹했지만 비장한 각오로 한마디를 한다.

10년 안에 과거급제 못 하면 내 아들이 아니니 각오를 단단히 해라!

차마 아비로서는 못 할 소리 같지만 때론 준엄하고도 비장한 배수진의 각오가 필요하다. 초나라 장수 항우도 진나라 군대를 치러 갈 때 부하들에게 사흘 치 식량만 챙기고 솥을 모두 깨뜨리라는 '파부침주(破釜沈舟)'의 각오를 다지게 했다. 나이 든 남자라면 몰라도 아버지라면 누구나 막일을 하는 사람도, 선생을 하는 사람도, 많이 배우지 못한 사람도, 남과 장사하는 사람도, 남을 다스리는 사람도 때로는 용감하고 위대해질 수 있다.

내 경우도 대학입시에 첫 고배를 들고 절치부심하여 다시 시험을 보러 가는 날 아버지께서는 쓰고 난 편지봉투를 뒤집어 두 쪽 난 하얀 종이 위에 서둘러 써 준 굵지만 강력한 글귀를 아직도 잊지 못한다.

약해지면 안 된다!

집도 물도 언어도 낯선 이역만리 타관에 도착해서 6년이 지난 어느 날, 다소 불안한 듯 그렇지만 당당한 모습으로 당나라 조정에서 희종 앞에 섰다.

어떻게 공부를 했기에 너는 당나라 학자들이 나이가 들어 공부해도 붙기 힘든 빈공과에 18세의 어린 나이로 장원 급제 했단 말이냐!

순간 어린 최치원은 고향을 떠날 때 아버지와 한 약속을 떠올리며 분명하고도 또렷하게 답변을 했다.

인백기천(人百己千), 다른 사람이 백을 하면 저는 천을 하겠다는 각오의 결과입니다.

『중용(中庸)』(20장)에 나오는 용어로

인일능지기백지(人一能之己百之)
남이 한 번에 잘하거든 부족한 나로서는 백 번을 노력하며,
인십능지기천지(人十能之己千之)
남이 열 번에 할 수 있으면 나는 천 번을 쉼 없이 쏟아 이룬다.

실제로 최치원은 "졸음을 쫓기 위해 상투를 매달고 가시로 살을 찌르며 남보다 열 배 이상의 노력을 기울인 결과 874년 18세의 나이에 빈공과에 장원 합격의 쾌거를 올린다.

아직도 부모님의 품이 필요할 어린 나이에 그것도 먼 타국에서 지내기란 여지없이 힘들었으리라. 그가 한창 감수성이 예민했을 젊은 날에 지었다는 한시 〈추야우중(秋夜雨中)〉에는 이역만리 먼 땅에서 겪는 나그네의 향수(鄕愁)가 절절하다.

秋風唯苦吟(추풍유고음) 가을바람에 괴로운 마음으로 시를 읊조리니
世路少知音(세로소지음) 세상에 나를 알아주는 사람 어찌 이리 없는고.

窓外三更雨(창외삼경우)　창밖에는 삼경 한밤중에도 비가 오는데

燈前萬里心(등전만리심)　등불 앞에 만 리 밖 고향을 그리는 마음이여

II

배움의

Class

지금 증명된 것은 한때에는 그저 상상에 그쳤던 것이다.
(What is now proved was once only imagined.)

- 윌리엄 블레이크(William Blake, 1757~1827)

나는 마쓰시타 전기그룹 창업자 마쓰시타 고노스케와 혼다자
동차 창업자 혼다 쇼이치로와 함께 일본에서 존경받는 '3대 기
업가' 중의 한 명인 교세라 세라믹의 창업자 이나모리 가즈오
의 '오늘 하루' 인식을 좋아한다.

나는 '오늘 하루' 최선을 다하기 위해 늘 노력해 왔다. 오늘 하
루 열심히 일하고 열심히 공부하면 내일 걱정을 하지 않아도
되리라 믿으면서 말이다. 그런 하루하루가 쌓여 5년이 지나고
10년이 지나면 자신도 모르게 커다란 성과가 쌓여 있지 않을
까. 어떻게 될지도 모르는 미래를 말하기 전에, 오늘 하루 완벽
하게 살아가는 편이 중요하다는 생각으로 나는 지금까지 연구
하고 경영하며 살고 있다. 그래서 나는 때때로 이렇게 단언한
다. '오늘 완벽하게 살면, 내일이 보인다.'

- 이나모리 가즈오, 『일심일언』 중에서

1

Class is Permanent

* "Form is Temporary, Class is Permanent"

기량이나 형식, 외양은 일시적이나 클래스나 본질은 영원하다는 의미로 해석되는 이 말은 스코틀랜드 출신 축구선수로 프리미어리그 축구클럽 잉글랜드 리버풀 FC(Liverpool Football Club)를 전성기(glory days)로 만든 빌 샹클리(Bill Shankly) 감독의 명언으로 유명하다.

1892년에 창단된 리버풀 FC는 1900~1947년까지도 5번의 리그 우승을 거둔 강팀이었으나 1950년대에는 2부 리그에서 전전해야만 했었다. 1959년 감독으로 취임한 빌 샹클리는 무려 24명이나 되는 기존의 선수들을 방출시키고 팀을 빌드업 한다.

그 결과 1961년, 리버풀은 샹클리 감독이 부임한 지 두 시즌 만에 다시 1부 리그로 7년 만에 승격하게 되고 1부 리그 승격 후 3시즌 만인 1963~64 시즌에 리그 우승을 차지한다. 이듬해 1965년에는 리버풀 통산 첫 FA컵 우승을 차지하였고, 1965~66 시즌에는 다시 한번 리그 우승을 차지하게 되고 1972~73 시즌에는 리그 우승과 동시에 첫 UEFA컵 우승을 거머쥐는 '더블'을 달성한다. 이듬해 74년에는 두 번째 FA컵 우승을 차지하지만 이후 그는 명예롭게 은퇴한다.

리버풀 FC 홈구장 안 필드에는 그의 공헌을 기리기 위해 '샹클리 게이트(Shankley Gates)'가 세워졌는데 문의 인장보는 "YOU'LL NEVER WALK ALONE"이고 이후 1997년에는 청동으로 만들어진 동상도 세워졌는데 그의 발아래 문구는 "He made the people happy", 그는 사람들을 행복하게 만들었다는 것이다.

월드 클래스의 뛰어난 기량을 보여준 선수는 비록 나이가 들어가면서 신체적인 능력과 체력은 떨어질지 몰라도 연륜, 경험, 리더십, 포스 등으로 그 반열은 영원하기 때문에 조직이나 팀을 붙잡아 주는 노장으로서 역할을 한다는 것이다.

상황에 따라 당장의 모습이 달라질 수는 있어도, 진정한 가치는 변하지 않는다는 것이다. 보통은 그런 상황이면 '명불허전(名不虛傳)'이라는 사자성어를 쓴다.

해묵은 장만이 맛깔나듯 배움도 연륜이 깃들면 클래스가 달라진다.

노마지로(老馬知略)

『한비자』의 〈세림(說林)〉 편에 나오는 이야기로,

> 노방생주(老蚌生珠)　　오래된 조개가 진주를 만들고
> 노잠작견(老蠶作繭)　　네 잠을 잔 누에가 고치 짓는다

늙은 말이 길을 아는 것처럼 노인의 지혜란 천리마(千里馬)처럼 빠르고 번뜩이지는 않더라도 표 나지 않고 티가 나지 않으면서 잠잠히 바른길로 안내할 수 있다.

조금씩 외롭기도 하고 고독에 젖어 드는 나이가 되면 배움의 동기와 즐거움도 달라진다. 젊었을 때 배움과 경험은 핵심 이력, 이른바 스펙(Specification)이다.

그런데 나이 들어 배우는 학이시습(學而時習)은 이력이나 스펙보다는 문자 그대로 즐거움, 불역열호(不亦說乎)다.

『미움받을 용기』의 저자 기시미 이치로(岸見一郎)는 "한국에서 강연할 기회가 있었기 때문"에 60세에 한국어 공부를 시작했고 3년 만에 한국 신문에 한국어로 쓴 서평을 발표하기까지 했다. 실제로 당시 장충체육관의 강연은 훨씬 부드러웠다.

그는 그리스어를 놓은 지 10년 만에 플라톤의 『티마이오스

Timaios』를 번역하여 4년에 걸쳐 번역하여 2015년 59세에 세상에 내놓았는데, 과거 같으면 대학교수 응모 스펙이었을지도 모를 일이 이제는 즐겁고 가슴 뛰는 경험으로 젊은 시절로 돌아가는 '유사 체험'이라 다독였다.

나 역시 지난해 대학원에서 '스포츠정책론'이라는 과목을 맡았는데 12명 학생들 중 10명이 중국 유학생이었다. 청강생까지 합하면 영락없이 중국의 대학교 강의장이다. 처음 강의 계획서에서 국제스포츠로 비중을 옮기고 기시미 이치로가 한국어를 배우듯 이참에 나도 왕초보 중국어에 도전했다.

서로 가르치고 배우면서 성장하는 교학상장(教學相長)이란 말이 다가왔다.

기업에서도 마찬가지다.

세계적인 반도체 기업 인텔에서는 한때 '크레오소트 존(Creosote Zone)'이란 개념이 있었다.

크레오소트는 사막에서 자라는 선인장의 한 종류로, 주변의 수분을 모두 빨아들이기 때문에 이 선인장 가까이에선 아무것도 자랄 수 없게 된다.

기업에서 기존 주력 핵심 사업처럼 사람 역시 기존의 사이로 같은 장벽과 틀을 고집하다 보면 새로운 성장 엔진이나 발전을 방해하게 만든다.

기존의 틀과 사고에서 벗어나 새로운 분야를 개척하는 선도자(First mover)로 나서기 위해서는 민감한 문화 속에 창의적인 배움의 노력들을 끊임없이 경주해야 한다.

It is never too late to be what you might have been.

되고 싶음 직한 것에의 도전에 늦은 때란 없다.

배움을 막는 유일한 장벽은 '핑계'뿐이다.

오늘은 내 생애 가장 늙은 날이지만 또 다른 출발을 하기에는 가장 젊은 날이다!

아! 인간의 교만이여, 세상의 왁자지껄이여, 바벨(Babel)이여!

2

불광불급(不狂不及),
미치지 않으면 미치지 못한다

삶의 진정한 비극은 충분한 강점을 갖지 못한 데 있는 것이 아니라 이미
갖고 있는 강점을 충분히 활용하지 못하는 데 있다.

미국 네브래스카대학에서 교육심리학을 가르치고 SRI 경영컨설팅
사를 설립한 도널드 O. 클리프턴 박사가 '강점이론(Strength's Theory)'을
내세우기 전에 벤저민 프랭클린이 한 말을 들어본 적이 있는지 모르
겠다.

강점이론이란 약점을 고치는 데 시간과 돈을 투자하기보다 잘하는
분야에 시간과 에너지를 집중해서 탁월한 성공을 거두자는 이론이다.

모든 분야를 잘하는 소위 멀티플레이는 전인교육의 모토이기도 하
지만 실제로 약점을 고쳐서 평범한 수준에 머물기보다는 잘하는 분야
에서 탁월한 성과를 거둔다면 일견 더 효율적이라는 생각이 든다.

나는 30여 년 직장 생활의 대부분을 스포츠 분야에서 보냈다.

스포츠이론이나 체육학을 전공하지도 않았으면서 몸으로 현장에서 체득하면서 지내온 시간들이다. 그러다 보니 스포츠는 나에게 분명 강점이론이다.

'1만 시간 법칙!'이라는 것이 있다.

세계적인 경영사상가이자 저명한 저널리스트 맬컴 글래드웰 (Malcolm Gladwell)이 저서 『아웃라이어(OUTLIERS)』에 소개하여 유명해진 이론으로 음악이나 스포츠, 예술 분야에서 최고 전문가가 되기 위해서는 적어도 1만 시간을 투자해야 한다는 것이다. 또한 미국의 베스트셀러 작가 로버트 그린(Robert Greene)은 『마스터리의 법칙 (MASTERY)』에서 모차르트, 찰스 다윈, 토머스 에디슨 등 세대를 초월한 '마스터(Master)', 거장의 경지에 이르려면 2만 시간에 가까운 혹독한 수련이 뒷받침돼야 한다고 주장한다. 하루에 6시간, 일주일 40시간을 10년간 쏟는 분량이다.

그러나 맥나마라(Brooke N. Macnamara) 프린스턴대학 교수와 잭 햄브릭(David Z. Hambrick) 미시간 주립대 교수 등의 연구팀이 조사한 연구결과에 따르면 학술 분야에서 노력한 시간이 실력의 차이를 결정하는 비율은 4%에 불과하며 음악, 스포츠, 체스 등의 분야 등에서도 실력의 차이에서 차지하는 노력 시간의 비중은 20~25%에 그쳐 선천적 재능의 중요성을 부각시켰다.

최고가 되기 위해서는 꾸준한 노력이 필수적이지만 선천적 재능과 어릴 때 도전하는 것이 성공의 요인 가운데 하나라고 강조함으로써 이는 1993년 에릭슨(K. Anders Ericsson) 플로리다 교수팀에 의해 엘리트 연주자와 아마추어 연주자 간의 차이는 80%가 연습 시간에 따른다는 이론을 뒤집는 것이었다.

그렇다면 거장은 선천적으로 태어난다는 말인가?

물론 행복론자들 가운데 어떤 이는 행복이란 환경이나 노력보다는 유전적 요인이 더 크다고 주장하기도 했다. 생각건대 거장의 DNA는 선천적 재능보다는 그칠 줄 모르는 도전과 정열 그리고 노력이다.

그래서 중국 춘추시대 공자는 논어 옹야 편(『論語』 雍也篇)에서 말했다.

> 知之者 不如好之者 好之者 不如樂之者(지지자 불여호지자 호지자 불여락지자)
>
> 아는 사람은 좋아하는 사람만 못하고, 좋아하는 사람은 즐기는 사람만 못하다.

마치 "기는 놈 위에 걷는 놈, 걷는 놈 위에 뛰는 놈, 뛰는 놈 위에 나는 놈"이라는 말이 생각난다. 하지만 여기에 하나를 추가해 볼까.

광인(狂人), 미치는 놈, 그래서 말들 한다.

"미치지 않으면 미치지 못한다." '불광불급(不狂不及)'이라고!

어떤 대상이나 사람, 일에 미치게 되면 반드시 거기에는 필요한 조건이 있다.

바로 열정과 노력이다.

조선의 대학자 다산 정약용은 1801년 봄 유배지 장기현에서 고향
마현에서 불어오는 서풍과 고향까지 부는 동풍을 느끼며 '귀양살이 여
덟 가지 흥취(遷居八趣, 천거팔취)'라는 시를 읊으며 불우의 처지를 약진
의 발판으로 삼았다,

하나. 고향 바람을 느끼고 읊조림(吟風, 음풍)

둘. 고향에도 뜨는 달을 즐기는 일(弄月, 농월)

셋. 정처 없는 구름 바라보는 일(看雲, 간운)

넷. 손익 없는 비 감상(對雨, 대우)

다섯. 마음 달래는 산 오르기(登山, 등산)

여섯. 도도하게 막힘 없는 물(臨水, 임수)

일곱. 고향 생각 나는 꽃구경(訪花, 방화)

여덟. 푸르른 봄 버드나무 길 따라 걷기(隨柳, 유수)

'양류당년(楊柳當年)',

다산과 강진에서 잠시 학문과 다도의 교제를 하면서 "버들처럼 무
성하던 그때"라는 뜻을 인장 삼기도 했던 추사 김정희는 70 평생 벼루
10개 밑창 냈고 붓 1천 자루를 몽당붓 만든(마천십연 독진천호, 磨穿十硏
禿盡千毫) 각고 끝에 서체에서 자신의 경지를 구축했다.

추사(秋史)의 또 다른 인장 '長毋相忘(장무상망)'은 제주도 유배 시절인 1844년에 제자 우선 이상적(藕船 李尙迪)에게 그려준 〈세한도(歲寒圖)〉에 찍힌 인장으로 유명하다. 추사는 낯설고 땅 설은 먼 제주에 유배 와서 견디기 힘든 고초를 겪었다. 그때 외딴섬에 나락처럼 떨어져 있는 그를 위해 머나먼 청나라에서 귀한 책을 구해 보내준 제자에게 고마움의 답례로 '권세와 이익을 위해 모인 자는 권세와 이익이 다하면 성글어진다'라는 사마천(司馬遷)의 말과, '겨울이 되어서야 소나무와 잣나무가 시들지 않음을 알게 된다'라는 공자의 말씀을 넣은 뒤 '長毋相忘', "오랜 세월이 지나도 서로 잊지 말자"는 뜻으로 인장을 삼았다.

1970년 영국 출생으로 옥스퍼드대학교 정치경제철학부에서 공부하고 탁구 국가대표 선수로 올림픽에 두 번 출전한 적이 있으며 〈더 타임스〉와 〈선데이 타임스〉 등에 글을 기고하며 강연과 팟캐스트를 진행하는 매슈 사이드(Matthew Syed)가 그의 저서 『베스트 플레이어』에서 이른바 베스트 플레이어는 어떤 방법으로 무엇을 통해 탁월한 경지에 이르게 되는가를 과학적으로 밝혔는데 A4 용지를 접는 실험을 통해 조합의 폭발이 지닌 기이한 힘을 소개하고 있다.

0.1cm 종이를 반으로 접으면 0.2cm가 되고 같은 방법으로 30회를 접으면 약 1.073km, 100번을 접은 종이의 두께는 지구에서 태양까지 거리의 80,000,000,000,000배까지 늘어난다. 사소한 차이가 엄청난

결과를 만들어 내는 것이다.

배움이든 운동이든 열심을 품고 즐거움으로 작정하고 도전하는 자에게는 뭐라도 되고 만다.

3
마이야르 반응(Maillard reaction)

『학문의 즐거움』을 처음 읽은 것은 현역 시절 '학문'의 삼매경에 빠져 있을 때였다.

당시 나는 공기업 임원이라는 바쁜 일정 속에서도 교학상장(敎學相長), 가르치고 배우는 데 미칠 때였다. 배움은 나의 성장판이기도 했지만 나의 피난처이기도 했다.

학창 시절 그렇게 권유해도 유학을 가지 않았던 내가 2005~2006년 미국의 동남부 노스캐롤라이나(NC)주의 듀크대학교에 방문교수 자격으로 연구년을 보낸 것 역시 배움이 하나의 피난처가 된 것이었다.

2000년대 초반 한국 사회를 흔들었던 이른바 "토토게이트"로 말미암아 체육복표사업 주관사인 국민체육진흥공단은 '황금알을 낳는 거위'로 인식되던 수탁사업자 선정과 관련하여 일대 시련을 겪게 되었다. 대통령의 3남과 함께 정부 그리고 공단의 기관장이 구속되는 초유의 사건을 겪었다. 당시 공단 이사장을 비롯한 간부들은 누구보다도 이 사업이 갖는 중요성과 사회적 영향력이 크다는 점을 인식하고 하나에서 열까지 돌다리도 두드린다는 심정으로 꼼꼼하게 챙겼고 당시 비서실장으로서 나 역시 공직무사(公直無私)의 자세로 일을 해 왔기에 임원들 간의 보이지 않는 긴장과 알력을 잘 알고 있던 터다.

결국 사건의 전말이 모두 사필귀정으로 귀결되자 자의 반 타의 반 심정으로 배움의 길을 나섰는데 지금 생각해도 공단 재직 시 가장 잘한 일 가운데 손꼽을 일이 되었다.

퇴직하고 나서 다 잊힌 존재로 시골에서 러스틱 라이프를 구가하고 있을 때 희미한 옛사랑의 기억을 되돌리게 한 것은 한국계 허준이 교수가 수학계의 노벨상으로 불리는 '필즈상(Fields Medal)'을 수상하고 나서 인연의 끈을 잡아당긴 사람이 바로 이 책의 저자, 일본의 수학자인 히로나카 헤이스케였기 때문이다.

히로나카 헤이스케 하버드대 명예교수의 책을 시골 도서관에서 검색하고서 책을 물으니 겨우 찾아내면서 사서가 말했다. '아주 오래된 일본 책인가 보네요?' 했다.

하지만 내가 수학 노벨상 허준이 교수의 스승이라 하자 고개를 들고 다시 본다.

그는 왜 배우는지에 대한 답을 '지혜'를 얻기 위해서라고 한다.

배운 것을 잊어버려도 인간의 뇌리에는 무의식적으로 망각이라는 저장공간이 있어 '인연', 내적 조건인 '인'과 외적 조건인 '연'이 서로 작용하는 줄탁동기(啐啄同機)적 수순으로 삶의 지혜를 준다는 것이다.

한참을 읽어가다 '아저씨! 한마디에 방황은 끝나고'라는 구절을 읽는 순간, 아뿔싸 현역 때 이 책을 사서 읽고 이 대목을 풀어 강의한 기억이 있는데 정말 망각의 늪에 빠진 나를 발견한 기쁨이 들었다.

그는 그전까지 학생으로만 생각했는데 어떤 소녀가 수첩을 주워 들고 "이거 아저씨 거죠?" 하는 순간 통찰을 얻은 것이다.

내게도 그런 순간들이 많다.

동료들이나 친지들과 음식점에서 회식할 때면 누군가 나에게 '목사님' 하는 순간 정신이 번쩍 든다.

신앙생활에서 도전받는 것이 바로 '허물(愆, 건)'과 '죄(罪)'와 맞닥뜨리는 순간이다.

허물(愆)이란 헬라어 파라프토마(paraptoma)에서 나온 단어로 하지 말라는 것을 하는 것, 악을 행하는 것이다.

반면에 죄(罪)란 헬라어 하마르티아(hamartia)에서 나온 개념으로 해야 할 것을 하지 않는 것, 선을 행치 않는 것이다.

음주 역시 믿음에 적은 아니지만 연약한 신자에게는 시험의 도구 혹은 뜻하지 않은 허물이 될 수 있으니 취하지 말라고 경고하나 분위기를 맞추는 자리에서는 간혹 휩쓸리기 쉽다. 이럴 때 누군가가 '목사님' 하는 순간에는 정신이 번쩍 든다.

창조의 계기, 득도의 순간은 굳이 학교나 명산대찰일 필요가 없다. 생각보다 가까이 있는데 우리는 '공자 왈', '예수 가라사대'와 같은 풍월을 읊는다.

늦깎이 천재들의 자산은 지름길 놔두고 둘러 가느라 겪은 다양한 경험이다.

살다 보면 'Beautiful'이라는 찬사를 들을 때도 있지만 창피하고 낯 뜨거워 쥐구멍에 숨고 싶을 때도 있다.

히로나카 교수도 수학으로 찬사를 들었지만 그 수학 때문에 좌절할 때도 많았다고 한다. 그때 붙잡는 말이 '소심심고(素心審考)'다. "소박한 마음으로 돌아가서 다시 깊이 생각한다."

머리 나쁘다고 '자부하는' 그가 어떻게 수학의 노벨상으로 불리는 필즈상까지 수상하게 되었을까?

히로나카 헤이스케는 창조를 통해 자기의 숨겨진 재능이나 자질을 찾아내는 기쁨, 더 나아가 나 자신을 보다 깊이 이해하는 기쁨이 있는 인생이야말로 최고의 인생이라고 말한다.

창조란 학자나 예술가의 전매특허가 아니라며, 서예를 한다든지, 집을 꾸민다든지, 책상을 정리한다든지 하는 일상생활을 통해서도 충분히 가능하다고 조언한다.

61

그동안의 일과가 시간에 쫓기고 남의 시간표에 의해 살아왔다면 중년 이후의 인생은 내가 주인이 되어 차분하게 인생을 성찰할 수 있는 또 다른 기회다. 지금 이때를 '내 인생에 가장 늙은 날'로 살아갈 것인가 아니면 '남은 생애 가장 젊은 날'로 받아들일 것인가는 자신의 의지에 달려 있다.

그렇다면 인생을 충일하게 사는 방법은 무엇일까?

첫째, 지나친 욕심을 버리는 것이다.

에베레스트산에 오른 산악인이 말했다. "4천 미터 오르면 고산증을 느끼고 7천 미터 오르면 '죽음의 지대'에 들어선다. 하지만 정상에 오르는 사람은 극소수에 불과하고 그나마 파라솔에 의자 두 개 정도밖에 못 놔둘 정상에서도 머무르는 시간은 운이 좋아야 한 시간 정도 남짓이다"고

무상을 말할 때 '화무십일홍(花無十日紅)' 혹은 '권불십년(權不十年)'을 썼고 중국 당나라 때 백거이(白居易, 772년~846년)는 벼슬과 시인으로 유명했지만 "君子居易以俟命 小人行險以徼幸(군자거이이사명 소인행험이요행)" 즉 군자는 편함 속에서 천명을 기다리고 어리석은 자는 위험한 짓 속에 요행을 바란다는 『중용(中庸)』의 한 구절에 차용하여 욕심과 집착을 경계했다고 전해진다.

둘째, 단순하게 사는 것이다.

오, 단순한 것들의 성스러움이여(Sancta Simplitas)!

이는 종교개혁자 마르틴 루터보다 꼭 한 세기 앞섰던 얀 후스(Jan Hus)가 1415년 7월 6일, 말뚝에 묶여 불타며 순교하는 순간 외쳤던 말이다.

장작에 불이 잘 붙지 않아 매운 연기와 약한 불에 몸부림치자, 이를 보다 못한 소박한 시골 노파가 장작불이 활활 타오를 수 있도록 불쏘시개를 던져 넣어준 것에 감사하며 외친 말이다.

우리 주변의 소박한 '행복어사전'을 들춰 보자.
사랑이란 얼마나 단순한지!
The Simplest way is the Best!

Insanely Simple, 미친 듯이 단순하게!

17년간 애플에서 광고와 마케팅을 이끌었던 켄 시걸(Ken Segall)이 쓴 책의 제목이기도 하지만 그는 스티브 잡스를 도와 애플신화를 만들어낸 최고의 조력자 중 한 사람이었다. 잡스와 일하는 동안 그가 지켜본 잡스는 모든 것에 지독하리만치 단순함을 적용하려 했고 그것을 잡스의 '심플 스틱(Simple Stick)' 원칙이라 명했다.

하지만 너무 단순해하지 마시라. 아인슈타인도 입버릇처럼 말했다.

더 간단하게, 좀 더 간단하게 만들라. 하지만 너무 간단하게는 하지 마라.
Make it simple, make it simple, but not too simple.

영국의 논리학자이며 프란체스코회 수사였던 오컴은 어떤 현상을 설명하는 두 개의 주장이 있다면 간단한 쪽을 선택하라고 한다. '오컴의 면도날(Ockham's Razor)'이다.

소박한 마음으로 단순하게 배우고 그것도 다 쓰고 가는 배움!
히로나카 교수 역시 이 책에서 다 쓰지 못하고 반납하는 인간의 두뇌 세포에 대해 안타까움을 적었다.
인간의 두뇌는 140억 개의 뇌세포가 있는데 이걸 다 쓰려면 234년이 걸린다고 한다. 하지만 강건하여 80세 인생길에 대부분이 10%, 많아야 20% 정도밖에 못 쓰고 간다. 쓰지 않는 80%는 땅에 묻으니 이 세상에서 가장 비옥한 바로 공동묘지라는 말이 나온다.

끊임없이 진화하는 인간의 속성에 맞게 배움을 갈망하는 인간의 생물학적 특성은 다양하다. '배우고 때때로 익히면 기쁘지 아니한가!(學而時習之, 不亦說乎)'라는 호학의 선언에서 동물과 다르게 인간은 생각하고(Homo Sapience), 말하고(Homo Loquens), 학문하며(Homo Academicus), 연구하고(Homo Studiosus), 공부한다(Homo Kongfus).

문득 프랑스 소설가 폴 부르제(Paul Charles Joseph Bourget)의 말이 생각난다.

생각하는 대로 살지 않으면 결국에는 사는 대로 생각하게 된다.

One must live the way one thinks,

or end up thinking the way one has lived.

불판에 고기가 노릇노릇 익어갈 즈음, 마이야르 반응(Maillard reaction)이다.

아미노산과 환원당 사이의 화학 반응으로 음식 조리 과정에서 갈색으로 변하면서 특별한 풍미가 분출되는 순간, 업계용어로 하자면 '노릇노릇!'

겉바속촉, 겉은 바삭하고 속은 촉촉한, 외소내연(外酥內軟) 혹은 외취이연(外脆里軟).

셰프의 간증에 의하면 장작구이는 고기보다 불맛이다. 오랜 비바람을 견딘 마른 장작에는 어떤 삼겹이고 오겹이고 간에 '노릇노릇' 마이야르 하다는 것이다.

원숙한 삶이 그래야 한다.

'Mangiare, Cantare, Amore', 먹고, 노래하고, 사랑하는 것을 모토로 삼는 이탈리아인들의 삶, 'Salud, Dinero y Amor y Tiempo para disfrutarlo', 건강, 돈, 사랑 그리고 이런 것들을 즐길 수 있는 시간, 스페인 사람들의 삶, 그래서 멕시칸들은 테킬라를 마실 때 첫 잔은 살루드(Salud, 건강을 위하여), 둘째 잔은 디네로(Dinero, 재복을 빌며), 셋째 잔은 아모르(Amor, 사랑을 위하여), 넷째 잔은 티엠포(Tiempo, 이제는 즐길 시간)를 외친다네.

우린? "노세 노세 젊어서 노세, 늙어지면 못 노나니."

일찍이 로마의 시인 호라티우스가 말했다네.

> 지금 이 순간에도 티레니아 바다의 파도는 맞은편의 바위를 점점 닳아 없애고 있다네. (친구여) 현명하게 살게나, 포도주를 줄이고 먼 미래의 욕심을 가까운 내일의 희망으로 바꾸게나. 지금 우리가 말하는 동안에도, 질투하는 시간은 이미 흘러갔을 것이네. 오늘을 즐기게, 미래에 최소한 기대를 걸면서.
>
> carpe diem, quam minimum credula postero.

배우고(志學), 출세(而立)하고, 유혹에도 견디고(不惑), 하늘 소리를 들어도(知天命), 뒷담화에 귀가 순해지기(耳順) 어려운 게 인생이다.

살갗도 표정도 겉은 비록 바싹하나 속은 여유와 아량으로 촉촉한 삶.

그래서 노땅들에게는 마스크보다 귀마개가 절실하다.

"하루가 평생"이라는 마음가짐으로, "그래 지금이 아니라면, 언제?(And if not now, when?)" '화무십일홍, 봄날은 간다네, 오늘을 잡게나.'

항상 배우기를 즐겨 하며 세상을 떠나는 날, 나의 마지막 길에서 응당 보여 드리고 싶다.

현고학생부군신위(顯考學生府君神位)!

<u>4</u>
일생주기(一生住期)

◉　조문도석사가의(朝聞道夕死可矣)

"아침에 도를 들으니 저녁에 죽어도 좋다"는 『논어』에 나오는 말이다.

농익게 삶을 충일하게 살았다면 언제든지 이 세상을 떠날 때면 예수님의 유언처럼 '다 이루었다(τετέλεσται)'를 외쳐도 좋을 것이다.

히말라야 산기슭의 나라에는 '아쉬라마(Ashrama)'라는 인생 주기표가 있다.

고대 경전 〈베다〉의 일생 4주기(四住期)로 100년 일생을 4분한다.

① 금욕, 학문과 기술을 배우는 '브라마차리아(Brahmacharya)' (0~25세)
② 결혼과 생업을 영위하는 '그리하스타(Gṛhastha)' (25~50세)

③ 자연과 철학 속에 절제를 확립하는 '바나프라스타(Vānaprastha)'
　(50~75세)

④ 세속적 욕망 대신 탁발과 목샤(해탈)에 쏟는 '산야사(Sannyāsa)'
　(75~　)

　동양철학은 더 세분한다.

　『논어』〈위정(爲政)〉 편에서 공자(孔子)는 열다섯 무렵 학문에 뜻을 두고(志于學), 30 이립(而立), 40 불혹(不惑), 50 지천명(知天命), 60 이순(耳順), 70 종심(從心)을 논했고 『예기(禮記)』〈곡례(曲禮)〉 편에서는 사람이 태어나서 10년이면 유(幼)라고 하여 이때부터 배우기 시작하고 20세를 약(弱)이라 하며 비로소 갓을 쓰며 30세를 장(壯)이라 하고 집(家: 妻)을 가지고 40세를 일컬어 강(强)이라 하며 벼슬을 하는 나이로 봤다. 50세는 애(艾)라 하며 관정(官政)을 맡고 60세를 기(耆)라 하고 남을 지시하고 부리며 70세를 노(老)라 하여 이쯤 되면 자식 또는 후진에게 전한다. 80 · 90세를 모(耄)라고 하며, 모는 도(悼: 7세를 가리키는 말)와 마찬가지로 죄가 있어도 형벌을 더하지 않으며 100세가 되면 기(期)라 하고 기린다.

　여기서 '바나프라스타'를 옛 인도에서 '산을 바라보기 시작할 때'로 해독한다.

　Vānaprastha란 '숲', '먼 길(forest, distant land)'을 의미하는 vana와 '행진', '여행(going to, journey to)'을 가리키는 prastha가 결합된 말로 문학

적 표현으로 하자면 은퇴 후 숲으로(retiring to forest) 들어가는 '자연인' 삶을 지칭한다.

'자연인'이나 원초적 삶의 날생(Rustic Life)이 주목받은 이유다.

그 노인의 삶을 이야기할 때 감초 같은 인물이 키케로(Marcus Tullius Cicero)다.

BC 106년에 로마 남부 아르피눔에서 태어나 로마 최고의 법률가, 웅변가, 정치가로 활약했던 그는 60대에 아내와 이혼하고 젊은 여인과 결혼했지만 곧 다시 이혼했다. 사랑이든 커피든 처음이 어렵지 한번 맛 들이면 그 갈증을 해갈할 방법이 없다. 시저(Julius Caesar)의 독재에 반대하다 굴욕적인 사면을 받고 사유지가 있는 시골로 물러난 키케로는 비로소 자신의 처지를 자각하고 술에 빠져들거나 낙담하여 인생을 허비하는 대신 아침부터 늦은 밤까지 깊은 사유를 통해 글쓰기에 전념해 정부, 윤리학, 교육, 종교, 우정, 도덕적 의무 등 다양한 주제에 관한 글을 썼고, 시저가 암살당하기 직전 기원전 44년 3월 15일부터 『노년에 관하여』를 쓰기 시작했다.

다양한 관점에서 노년을 바라보고 현명하고 격조 높은 삶을 추구하는 사람들에게 어째서 노년이 인생의 최고 단계가 될 수 있는지를 들려준 그는 오래 산 노인들의 공통점은 "늙었다고 불평할 이유가 아무것도 없으니까!"라는 결론을 얻었다.

키케로가 정치적 인물이었다면 스토아 철학자 세네카(Seneca, Lücius Annaeus)는 인간이 인간다운 까닭은 올바른 이성 때문이라는 것과 유일의 선(善)인 덕(德)을 목적으로 행동하기 때문이라고 역설하고 모순과 불안에 찬 생애를 보낸 인물이다.

친구인 『루킬리우스에서 보낸 도덕적 편지들』이란 124편의 편지들 속에서 그는 인생 황금기는 '노년'으로 "인생은 내려가는 비탈길에 가장 신난다"고 했다.

하지만 갑작스러운 퇴장의 무대에 준비 없고 대책 없이 서면 멘붕이다. 왕의 마기스테르 오피키오룸(비서실장)에서 하루아침에 처형장 신세가 된 로마의 정치가이자 철학자였던 보에티우스(Anicius Manlius Torquatus Severinus Boethius)나 피렌체 정부의 수장에서 망명객이 된 단테(Durante degli Alighieri)처럼 되련다.

> 우리네 인생길 한가운데서 문득 뒤돌아다 보니,
> 어두운 숲속에서 길을 잃고 있는 나 자신을 발견했다.
> **Nelmezzo del cammin di nostra vita mi ritrovai**
> **per una selva oscura, chè la diritta via era smarrita.**

비틀즈(The Beatles)의 노래에서 〈어제(Yesterday)〉를 추억하면 "Suddenly I'm not half the man I used to be(갑자기 예전 내 모습의 반도 못한 사람이 되어 버린 나)"를 발견하게 될지도 모르지만 일체(一切)는 유심조(唯心造), 생각하기 나름이다.

그런 고독한 사람들을 향해 세네카는 웅변한다.

Quisquis dixit ʿvixi', cotidie ad lucrum surgi

(퀴스퀴스 딕시트 '윅시', 코티티에 아드 루크룸 수르기트)

열심히 살아가는 사람에게 매일매일 하루는 'lucrum', 즉 예상치 못한 이윤(profit), 선물, 몫(Lot), 인생 로또로 여겨진다는 것이다.

에이지즘(ageism)이란 나이 듦을 바라보는 또 하나의 차별이 되고 있다.

그런 엄연하고 냉엄한 인식 앞에 당신의 선택은? "현명한 마을의 도서관"이 되고 싶은가, 사회복지 정책의 '짐' 혹은 거대한 '퇴적 공간'이 되고 싶은가?

미국의 시인 로스케(Theodore Roethke)의 말처럼 "너의 젊음이 너의 노력으로 얻은 상이 아니듯 나의 늙음도 나의 잘못으로 받은 벌이 아니다(As your youth is not a reward from your effort, My agedness is not a punishment from my fault)."

나는 그저 60대일 뿐이다(I'm only the age of sixty).

한창때

와인의 품격을 결정하는 요소 가운데 품종에 따른 햇살의 농도, 바람의 세기 못지않게 와인의 주재료인 포도를 수확한 해, 연도에 포도의 맛이 달라지고, 그로 인해 포도주의 가치가 달라진다.

그래서 유명 와인병에는 라벨에 연도를 표기하는데 이를 '빈티지(Vintage)'라 부른다.

최고의, 최고급의, best와 같은 뜻으로 85% 이상 그해에 생산된 포도로 만든 와인에만 연도를 넣을 수 있다.

인류의 문명사적 변곡점으로는 석기시대에 이은 철기시대, 그리고 증기기관의 발명 역시 획기적인 터닝 포인트라고 할 수 있다.

현대적 기술발전의 변곡점으로는 흔히 2007년을 드는데 스티브 잡스의 아이폰을 필두로 수많은 소프트웨어의 개발과 생산이 확장 팽창되던 시기였기 때문이다.

인생도 마찬가지다.

그 여정이 아홉 굽이가 되었든 열두 굽이가 되었든 세상을 살다 보면 누구나 인생에도 티핑 포인트(tipping point), 변곡점이 있기 마련이다.

러시아 추상 회화 창시자로 불리는 바실리 칸딘스키(Wassily Kandinsky, 1866~1944)는 1895년 서른 살에 모스크바의 인상파 전시회에 출품된 모네(Claude Monet)의 〈건초 더미(Meule)〉 연작을 보고 화가로 돌아서는 결심을 한다.

모스크바대 법대 교수인 그는 1896년 학위를 받은 후 도르파트대학에 교수로 초빙되었지만 법학을 가르치는 삶에서 얻는 기쁨보다는 예술을 창작하는 데 더 큰 기쁨을 느낄 수 있다고 생각하고 교수직 대신 뮌헨으로 가서 붓을 들었다.

> 화실 문을 열었을 때, 갑자기 표현 불가능한 아름다움을 지닌 한 폭 그림과 마주쳤다. 놀란 나머지 그 자리에 멈춰 섰다. 화면은 색채의 찬란한 얼룩들로 이루어져 있었다. 다가가 보니 그것은 이젤 옆에 세워 놓은 그림이었다.

처음에는 그림이 무엇을 나타내는지 알아채지 못했다. 작품 목록을 보고서야 깨달을 수 있었던 그는 그림을 알아보지 못했던 자신에게 수치스러운 고통을 느꼈다고 회고한다.

그런가 하면 이른바 한창때, 전성기, 황금기(in one's prime), 화양연화(花樣年華) 시절도 있다.

경이(驚異)의 해, Annus mirabilis!

17세기 영국의 시인 존 드라이든은 페스트와 런던 대화재로 침울했던 시기에 영국 함대가 네덜란드와의 전쟁에서 큰 승리를 거둔 1666년을 "경이의 해(Annus Mirabilis)"로 칭송했다.

뉴턴에게 1666년은 경이의 해였다.

1665년 흑사병이 창궐하여 휴교가 된 케임브리지를 떠나

Woolsthorpe에서 자가격리를 하면서 23세 뉴턴은 미적분, 운동의 법칙과 만유인력, 그리고 광학에 대한 이론의 토대를 마련한다.

흑사병의 대참사로 세상은 모두들 '아누스 호리빌리스(Annus Horribilis)', 참혹했지만 그에겐 경이의 시간이었고 인류의 과학은 'Wunderjahr', 입이 떡하니 벌어질 정도로 놀라운 일, 사건의 시간이었다.

리즈(Leeds)라는 도시는 영국 중북부도시로 맨체스터(70km), 런던(300km)에 떨어져 있다.

빅토리아시대 산업도시로 지금도 상업 · 행정 중심지로 꼽힌다.

맨체스터나 리버풀보다 큰 도시인데도 덜 알려진 데는 관광객과 명문 '빅클럽' 축구팀의 존재감이 없다는 것도 기인한다. 스포츠관광의 단면이다.

하지만 리즈에도 1919년 창단, 유서 깊은 연고 팀 Leeds United FC가 있다.

프리미어리그 출범 직전인 1991~92 시즌 잉글랜드 1부 리그 우승팀이 리즈다.

견원지간이었던 잉글랜드-프랑스 사이에서 '영국인이 사랑한 프랑스인'이라는 칭호까지 받으며 발군의 기량을 보여준 프랑스 출신 에릭 칸토나(Éric Cantona)가 뛰었던 때다.

맨유와 리버풀, 뉴캐슬 등과 2000년대 초까지 프리미어리그 강자로 군림했다.

18세에 리그에 데뷔하면서 최고 유망주로서 많은 기대를 받았던 엘런 스미스(Alan Smith)가 1998~2004년까지 리즈에서 활약했다. 리즈 시절에 참 잘했고 이적 후에는 죽을 쑨 모양이다. 그래서 회자되었다.

『옥스포드 영어사전(Oxford English Dictionary)』을 발간하는 영국의 옥스퍼드대출판부가 2023년 올해의 단어로 '리즈(Rizz)'를 선정했다. '카리스마(charisma)'에서 보듯 '리즈'는 '끌어당기는 매력'이라는 뜻으로 "그 사람은 '리즈'가 있어"라고 말하면 외모와 상관없이 사람 특히 이성의 마음을 끌어당기는 힘이 있다는 뜻이다.

검은 머리 파뿌리 되도록 몇 년을 만나도 끌어당김이 없는 것을 '백두여신(白頭如新)'이라 하고 방금 만났는데도 친숙한 사귐을 '경개여고(傾蓋如故)'라고 하니 사람이든 사물이든 보는 관점에 따라 천태만상이다. 반 컵의 물도 '반 컵이면' 다행이고 '빈 컵이냐'면 고맙고, '반 컵 밖에'는 불평하는 세상사! 'Dream is now here!'라고 해도 'Dream is no where!'라 우기고 'I'm possible'이래도 노상 미션 'Impossible'하자면 언제 한창때를 누릴까?

내 인생에도 빈티지 연도, 경이의 해가 있었다.

첫 번째는 1973~74년의 시절이다.

당시 중학생으로 나는 교장 선생님 훈화 때, 가끔 육성회장으로 아버지가 나설 때도 있었지만 구령대 앞에서 전교생을 상대로 '차렷'과 '경례'로 구령(口令)했고 공부면 공부, 운동이면 운동에서 경이로운 때(Annus Mirabilis)를 구가할 때였다.

두 번째는 1983~84년의 시기이다.

대학원에서 공부하면서 조교로 일하던 시절인데 그때 국책과목이었던 '국민윤리' 수업의 조교로 학생들 수업의 뒷바라지를 할 때인데 당시 서울대 법대와 사회대 학생들, 그러니까 작금 인구에 회자되는 인사들은 나를 소, 닭 쳐다보듯 하면 아니 된다.

세 번째는 1994~95년 시절이다.

당시 나는 서울올림픽을 기념하는 공기업에서 스피치 라이터와 공보실 직원으로 화영 연가를 부를 때였다. 웬만한 체육기자들의 고스톱 뒷바라지와 보도자료들은 다 거쳐 간 시절이다.

네 번째는 2005~06년 미국 시절이다.

미국 동남부 노스캐롤라이나(NC) 채플 힐(Chapel Hill)의 듀크대학교 객원연구원의 신분으로 학문과 여행, 스포츠, 기독교 지체장으로 활동하면서 경이의 해(Annus Mirabilis)를 보낼 때였다.

다섯 번째는 2017~18년 때였다.

공채 신입직원으로 최초로 임원급 본부장에 취임하면서 스포츠 레저업무, 올림픽 기념사업을 도맡으면서 셰익스피어와 베토벤의 생가,

옥스퍼드, 라인강, 테이트와 고흐미술관, 밀퍼드 사운드, 교토, 부탄의 산사를 거닐었던 때였다.

인생의 파동진자, 곰곰이 생각해 보니 내 인생의 황금기는 9년, 10년, 11년을 주기로 들이친다. 그렇다면 2028~29년 어간에 또 한 번 맞을 채비를 해야 한다. 일흔 살 앞둔 익은 시절이다.

인생의 전성기, 숙성기를 어떤 이는 모르고 어떤 이는 누린다.
가장 심각한 폐해는 두 종류다.
하나는 I am not over the hill yet!, 현재 누리면서도 아직 그때는 오지 않았다며 외면할 때다.
또 하나는 시한폭탄 맞은 황성옛터에서 자신도 가고 그녀도 갔음에도 여전히 리즈, Elizabeth Taylor를 그리워할 때다.

인생을 살아보니 옛사람 말 그른 적 없다.
하루가 천 년 같고 일각(一刻)이 여삼추(如三秋)래도 닷새면 족하다.
늙은 고모님 말씀이다.
"엊그제(3일) 결혼한 것 같은데 낼모레(2일)가 저승길이다."
Habitus라는 라틴어는 두 가지 뜻이 있는데 '습관'과 '수도자의 옷'을 내포한다.
순례자처럼 기도하고 공부하고 시시때때로 걷다 보면 부평초 같은 인생, 야생초 하나에도 생명의 신비를 느낀다.
We first make our habits, and then our habits make us!

III

배움의
해부

새벽 4시 29분, 60년이 넘게 아침을 깨우지만 새벽은 여전히 힘들다.
4시 40분, 휴대폰 알람이 두 번째 울린다. 이제는 일어나야 한다. 그래도 힘들면 『명상록』의 한 구절을 되새긴다.

아침에 일어나기 싫을 때는 '보람 있는 일을 하기 위해 일어나야 한다'라고 생각하라. 보람된 일을 하기 위해 세상에 태어나 존재하고 있는데 어째서 불평을 하는가! 그렇지 않으면 따뜻한 이불 속에 편안히 누워 있기 위해 태어났다는 말인가? 물론 이불 속에 누워 있는 것이 훨씬 편안할 것이다. 그렇다면 그대는 쾌락만을 추구하기 위해 존재하고 그 밖에는 아무 일도, 아무런 노력도 하지 않아도 된다는 말인가? 작은 식물이나 새, 개미, 거미, 꿀벌 등도 우주의 질서를 유지하기 위해 맡은 바 임무를 수행하며 바쁘게 움직인다. 그런데 그대는 인간으로서 당연히 해야 할 일을 그리고 본성이 요구하는 일을 왜 등한시하고 있다는 말인가?

- 마르쿠스 아우렐리우스, 『명상록』 중에서

1

삶의 인디언 서머(Indian Summer in Life)

때와 장소(기관)에 따라 약간의 차이가 있지만 우리나라 65세 이상 고령인구는 세계에서도 가장 가파르게 증가할 것이라고 내다본다. 2022년 9월, 그 숫자는 전체 인구(5,130만 명)의 17.5%인 901만 8,000명으로 사상 900만 명을 돌파했고 2025년에는 20.6%로 초고령사회에 진입하고 2035년 30.1%, 2050년에는 40%를 넘어설 것으로 전망됐다.

일반적으로 UN에서 정한 기준으로 볼 때 '노인'이란 65세 이상을 말하며 총인구 중 65세 이상 인구가 차지하는 비율에 따라 다음과 같이 분류한다.

• 고령화사회(ageing society): 총인구 중 65세 이상 인구 차지 비율이

Ⅲ. 배움의 해부

7% 이상

- 고령사회(aged society): 총인구 중 65세 이상 인구 차지 비율이 14% 이상
- 초고령사회(post-aged society): 총인구 중 65세 이상 인구 차지 비율이 20% 이상

인구절벽의 시대에 데이비드 콜먼 영국 옥스퍼드대 명예교수는 경제협력개발기구(OECD) 38개 국가 중에서 '인구소멸국가' 제1호로 한국을 지목했다. 2020년에 출생자보다 사망자 수가 더 많은 인구 데드크로스(Dead cross)를 거친 상태에서 한국의 출산율(가임 여성 1명당 평균 출생아 수)은 1965년 6명, 1970년 4.07명, 1983년 2.08명, 2003년 1.19명, 2022년 0.78명으로 떨어졌고 이러한 초저출산 추세가 이어진다면 한국 인구는 2100년에는 반토막이 되고 2300년에는 0이 될 것으로 경고한다.

"인구의 자연적 증가는 기하(등비)급수적이지만 식량은 산술(등차)급수적으로밖에 증가하지 않기 때문에 과잉인구로 인한 식량부족은 필연적이며, 그로 인해 빈곤과 죄악이 많이 발생하는 것은 불가피하다"고 본 영국 고전학파 경제학자 토머스 로버트 맬서스의 『인구에 관한 일론(一論)』이 무색할 정도의 상황이지만 100세 인간(Homo Hundred) 시대에 안티 에이징(Anti-Aging) 대신 건강장수(健康長壽)의 러브 에이징(Love-Aging)의 삶이 되기 위해서는 기업이나 동식물처럼

삶도 재편하는 리폼드(Reformed) 전략이 필요하다.

<너에게 묻는다>
연탄재 함부로 발로 차지 마라
너는
누구에게 한 번이라도 뜨거운 사람이었느냐

안도현 시집 『외롭고 높고 쓸쓸한』 중에서 나오는 심쿵한 구절이다. 그런데 요즘 연탄재 구경하기 힘든 세상에 이를 나는 "랍스터 함부로 먹지 마라"고 고치고 싶다. 소위 럭셔리 뷔페에 가면 랍스터라고 부르는 바닷가재를 볼 수 있다. 딱딱한 껍질 안에서 보드랍고 말랑말랑한 가재는 몸이 커지면 딱딱한 껍질을 벗는다. 껍질을 벗지 않으면 단단한 껍질 속에 갇혀 죽지만 제때 탈피를 하면 100년을 살 수 있다고 하니 놀랍다. 누군가는 살기 위해서 가재는 바위 속에 자신의 껍질을 버리고 새로운 껍질을 만들기를 27번가량 반복한다고 썼다.

인생의 고난이나 깝깝함은 또 다른 성장의 시기가 되었음을 알려 주는 신호라고 한다. 아마추어는 불편함을 스트레스(STRESS)로 겪지만, 프로는 이를 새로운 도약, 스트렝스(STRENGTH)로 삼는다.

일종의 희망 고문이기도 하지만 요새 직장에 최고의 스펙은 어학도 자격증도 아니고 '의력(毅力)', 꺾이지 않고 버티는 굳센 힘이다. 『논어』에서는 '의력'이 필요한 이유를 "임무는 무겁고 길은 멀"기 때문이라고 말한다.

인생의 하산길에서도 버티는 힘이 절대적이다. 내려오는 탄력으로 버티지 못하면 구르거나 낙상이다. 그래서 내려올 때 의력(毅力)은 통상 3배 추가다.

'Rebirth of the Eagle', 맹금의 왕 독수리는 그 야성을 유지하기 위해 끝없이 부리와 발톱을 손질하고, 네다섯 차례 잠과 탈피를 반복하는 누에처럼, 우리들의 삶 역시 "썩어져 가는 구습을 따르는 옛사람"을 벗어 버리고 심령이 새로운 "새사람"을 입으려는 노력이 중요하다.

활기차고 행복한 삶을 위해서는 우리의 심신에 조화되는 손에 잡히는 전략과 기술이 요청되는바 ① 財-Tech, ② 建-Tech, ③ 知-Tech, ④ 業-Tech, ⑤ 人-Tech, ⑥ 靈-Tech 등이 필요하다.

배움은 나이 들어 반드시 필요한 생존 전략과 기술이기에 B.T.S.(Brain Training Strategy) 전략으로 공부를 권장하는 이유가 바로 여기에 있다.

유럽의 농익은 와인은 적당한 햇빛, 탐스러운 포도, 시원한 바람, 부드러운 흙, 구슬 같은 땀이 버무려져 있다.

가을에서 겨울로 가기 직전 북아메리카에서는 반짝 찾아오는 더위가 있다.

시기상으로는 월동 준비를 해야 하는 10월 말에서 11월 중순경에 나타나는 고온 현상을 가리켜 '인디언 서머(Indian Summer)'라는데 북미 원주민들인 인디언들은 이때를 겨울이 시작되기 직전에 신이 내려주는 일종의 축복으로 여겼다는 데서 그 기원을 찾기도 한다.

유럽에서는 이와 비슷한 고온 현상을 성 마틴(St. Martin)의 축일인 11월 11일을 전후해 나타난다 하여 '성 마틴의 여름'이라고도 하며, 슬라브권에서는 '늙은 여인네들의 여름'으로 부르기도 한다. 반대되는 현상으로 늦은 봄에 기온이 영하로 떨어지는 블랙베리 윈터(Blackberry Winter)가 있는데 우리식으로는 꽃샘추위다.

날씨에 관한 재미있는 현상으로 러시아에서는 '바비예 레토(Babye leto)'도 있다.

여름에서 가을로 가는 짧은 건널목 같은 시기에 러시아에서 청명하고 아름다운 날씨를 일컫는 기상 현상으로 혹독한 계절로 접어들기 이전 스타카토 같은 기간이다.

톨스토이가 그의 『참회록』에서 언급한 대로 사자의 위협을 피해 칡넝쿨을 잡고 우물 속으로 피신한 나그네의 발아래는 독사가 도사리고 이윽고 넝쿨을 갉는 쥐 소리에도 생명수처럼 떨어지는 꿀맛에 시름을 잊은 틈새 인생, 그 달팽이집처럼 비좁은 시공간에서도 우리는 인생을 견디고 살아낸다.

인생의 인디언 서머(Indian Summer)는 누구나 어느 때고 나타난다.

그때 우리는 청년 시인 윤동주가 "내 인생에 가을이 오면"을 고뇌했던 것처럼 "내 인생에 인디언 서머가 오면" 물어볼 이야기, 들려줄 이

　　　　　　　　　　　　　　Ⅲ. 배움의 해부

야기들이 있다.

　　　내 인생에 인디언 서머가 오면
　　　나는 나에게 물어볼 이야기들이 있습니다.
　　　그때 사람들을 사랑했느냐고 물을 겁니다.
　　　그때 무엇을 배웠느냐고 물을 겁니다.
　　　그때 사람들에게 무엇을 나눴냐고 물을 겁니다.
　　　나는 후회 없이 말할 수 있도록
　　　그때도 지금도 열심히 살아가야 하겠습니다.

2
배움이란 탐색이다

배움(learning)이란 모르는 것을 아는 것이다.

그냥 스쳐왔던 것들을 새롭게 깨닫는 것이다.

낯선 경험을 통해 성찰(reflection)하고 의미(meaning)를 만들어 가는 것이다.

배움의 한자는 '學'으로 방에서 아이가 무언가를 하고 있는 형상이다. 독일어로는 비센샤프트(Wissenschaft), 흔히 '과학'으로 번역되지만 체계적으로 조직된 여러 형태의 지식이라는 폭넓은 의미를 지니는 단어다.

따라서 배움은 곧 지식(知識)을 습득하는 과정이다.

동양철학에 나타난 배움의 대표적인 테제는 유가(儒家)를 대표하는 공자의 '박문약례(博文約禮)'와 도학(道學)을 대표하는 노자의 '학불학(學不學)'의 전통이 그것이다.

공자는 '박학(博學)', 학문을 널리 배움으로써 자아를 실현할 수 있다고 파악한 데 반해 노자는 그의 『도덕경』(64장)에서 '배우지 않음의 배움(學不學)', 문화 이전의 자연성을 회복함으로써 인간의 진정한 자아실현을 성취할 수 있다고 봤다.

동양사상에서 배움은 "도(道)"라는 개념이 주된 관심사인 데 반해 서양철학에서 배움의 시선은 '진리'를 향한 여정이다.

고대 그리스 로마 시대로부터 서양사상의 진리는 주로 인간의 '존재'와 '사유' 그리고 '성찰'의 과정이었다. 이에 반해 동양에서의 도는 인간을 넘어 자연과의 '조화' 속에서 '깨달음'과 '실천'이라는 의미를 내포하고 있다. 서양이 이성과 사유를 전제하는 데 반해 동양에서는 나와 가정, 국가의 공동체 속에서 군주와 신하, 부모와 자식, 남편과 아내, 어른과 젊은이, 친구 사이 등과 같은 관계 중시 현상으로 표출되곤 하였다.

배움의 대상은 지식이다.

그렇다면 지식이란 무엇인가?

지식이라는 개념은 시대와 장소 그리고 문화적 배경에 따라 다양하게 정의되어 왔다.

지식이란 개념과 그 역사에 탁월한 혜안을 가진 영국 최고의 역사 학자 율리크 피터 버크(Ulick Peter Burke)에 따르면 지식이라는 개념은 시대와 장소 그리고 무엇보다도 언어에 따라 다양하게 정의되었다.[*]

고대 그리스에서는 일의 방법과 기법을 아는 테크네(techne), 대상을 아는 것을 의미하는 에피스테메(episteme, επιστήμη)로 구분하였고 이들의 개념은 고정된 인식과 편견이라는 의미의 독사(doxa)와 비교되어 쓰이기도 했다. 지식론(Theory of Knowledge)은 바로 인식론(epistemology) 이라고도 불리는데 이 명칭의 유래가 바로 그리스어 'episteme'에 서 유래한 말이다. 또한 실천을 프락시스(praxis), 덕성을 프로네시스 (phronesis), 통찰을 그노시스(gnosis)라고 칭했다.

특히 플라톤은 인간의 마음이 무지에서 지식으로 발전해 나가는 데는 두 개의 주요 영역이 있는데 그것은 각자의 의견, 의심스러운 정보, 불완전한 지식의 독사(doxa)의 영역과 정확성이 의심의 여지가 없는 올바른 지식의 에피스테메(episteme)라 일컫는 영역이다. 라틴어 스키엔티아(scientia)가 대상을 알기, 아르스(ars)는 방법을 알기, 사피엔티아(sapientia)는 지혜, 엑스페리엔티아(experientia)가 경험적 지식을 각각 의미하는 단어로 사용되었다.

---

[*] (What is the History of Knowledge? 『지식은 어떻게 탄생하고 진화하는가』, 이상원 역, 2017).

한편 아리스토텔레스는 인간의 앎의 유형, 지적 활동을 '보다 (theorein)', '행하다(pratein)', '만들다(poiein)'로 삼분하고, 그것들에 대응하여 그의 철학 체계도 '이론(theoria)'의 학으로서의 '이론학(theoretike)', '실천(praxis)'의 학으로서의 '실천학(praktike)', '제작(poiesis)'의 학으로서의 '제작학(poietike)'의 3대 영역으로 구분했다.

즉 관찰에 의한 앎은 테오리아(theoria), 행위에 의한 앎은 프락시스 (praxis), 그리고 만들기에 의한 앎은 포이에시스(poiesis)이다.

고대 그리스 시대의 철학적 전통에서 과학적 이해를 가능하게 하는 지적 행위로서 테오리아(theoria)는 과학적 이해를 가능케 하는 지적 행위로 간주되었고, 프락시스(praxis)는 현실정치와 사회 속에서의 실천적 앎과 밀접한 관련을 맺는 한편, 포이에시스(poiesis)는 장인과 예술가들의 작품 제작의 목적을 유효하게 달성하기 위한 기술(techne)로 이해되었다.

우리가 널리 사용하고 있는 소피아(sophia)는 직인(職人)의 기술지 (技術知)라는 의미와 이론적 지식이란 뜻을 내포하여 신(神)의 영역에서 인간의 궁극적 대상으로 탐구하기 시작하면서 지혜(sophia)를 사랑(philos)하는, 보편적 인간이 추구하는 philosophia(愛知), 철학(哲學, philosophy)이 탄생하게 되었다.

앎에 대한 탐색은 때때로 우연히 체험한 현상들이 믿음이나 견해들을 토대로 성립되는데 믿음이 정당화되고 올바른 조건들이 충족되면 지식으로 간주되었다.

이러한 지식에 대해 철학적 정의는 "정당화된 참인 믿음(Justified, true belief, JTB)으로 철학자 플라톤에 의해 시도되었다.

이 정의는 첫째로 우리가 아닌 것이 믿음일 것을 요구하고

두 번째는 그 믿음이 정당화되어야만 하며

세 번째로 그것이 참이어야 한다.

그러나 겨울철 대한(大寒) 날씨가 소한(小寒) 날씨보다 추운 것이 문자적 해석이나 '대한이 소한 집에 가 얼어 죽는다'는 속담에서 보듯이 우리들의 경험과 절기상의 의미는 항상 참으로 성립되는 것이 아니다.

이에 대해 지식이라는 개념을 인식론의 측면에서 분석한 학자가 바로 에드먼드 게티어(Edmund Gettier)이다. 그는 "정당화된 옳은 믿음은 지식인가?(Is Justified True Belief Knowledge?)"(Analysis 23.6: pp.121~123)라는 3쪽짜리 논문을 『분석 Analysis』지에 투고했는데 이 논문 하나로 철학계가 발칵 뒤집혔다.

종전까지 지식은 플라톤의 철학적 지식의 세 가지 조건("Justified", "True", "Belief")들 간에 필요충분조건의 관계에 있다고 믿어졌다. 하지만 게티어는 이런 JTB 조건은 만족하지만, 앎이 아닌 사례가 존재한다고 주장했다. 즉 JTB 조건의 진리집합을 A, 앎의 진리집합을 B라 하였을 때, A-B에 속하는 반례가 있다고 말한 것이다. 암묵적으로 간주되던 지식 개념을 인식론적 측면에서 큰 의의를 갖는다고 평가되고

있는 오늘날 지식은 'Chat GTP'나 'Bard' 등의 인공지능으로 급속하게 확장 팽창되고 있는 실정이다.

그럼에도 오늘날 대학이나 독서 분야에서 활발하게 쓰이는 인문교육이라는 개념은 그리스어 파이데이아(paideia)를 번역한 라틴어 후마니타스(humanitas)에서 차용, 전문적 지식과는 대조적으로 종합적 학식의 토대를 제공해 왔다.

> 너 자신을 아는 것이 모든 지혜의 출발점이다.
> – 아리스토텔레스(Aristoteles, BC 384~BC 322)

3
장담하지 마라,
역지사지(易地思之)하라

대개 대학교 성적은 출석 10%, 과제나 참여도 10%, 나머지는 중간시험과 기말시험으로 산출한다. 나 역시 대학원 수업이나 문제기반학습(Problem-Based Learning)을 예외로 하면 이러한 추세를 따른다.

신학교 수업 때 수강하는 '기독교교육학' 과목의 성적이 생각보다 안 나왔다.

내가 가르쳐도 저 정도는 할 것이라는 교만함에 실망이 컸다. 성적표를 받고 보니 출석 점수가 15점이었다. 샐러던트였던 나는 출석은 기본이라 생각하여 힘든 근무 속에서도 한 번도 빠지지 않았는데 20점이 아닌 15점이라니!

실망을 넘어 화가 난 나머지 장문의 메일을 교수께 보냈다.

그런데 다음 날 교수님의 메일을 보고 심히 부끄러웠다.

"출석점수 15점 만점에 15점 드렸는데요!"

어느 해 연말에 후배들이 승진했다.

한 후배는 문자를 넣자마자 전화가 왔다.

"역시 사장감이네"라며 격려해 줬다.

산림청장을 한 한 후배가 있는데 이 친구는 전화할 때면 거의 기다렸다는 듯이 전화를 받는다. 직장에서는 이를 '리더들의 반응의 속도'라는데 별거 아니지만 대단히 중요하다.

그런데 승진한 한 후배는 이틀이 지나도 감감무소식이었다.

"장관이 문자 넣었으면 그랬을까?"라는 서운함에 괘씸한 생각이 들었다.

축하 문자 넣었는데 확인은 했지만 감사하다는 반응이 없어 은근히 화가 났다.

그런데 3일이 지나서야 딩동 문자가 울렸다.

승진해서 지금껏 내 문자를 씹은 바로 그 싸가지였다.

문자를 애써 확인한 나는 순간 무릎 꿇었다!

"축하 문자 너무 감사합니다. 아버지 하늘길 배웅하느라 경황이 없었습니다."

세상에나 예로부터 부모님이 돌아가시면 천붕(天崩)이라 하여 하늘이 무너져 내리는 슬픔이라 하였고 자식이 먼저 세상을 뜨면 참척(慘慽)이라 하여 참혹(慘)하고 슬픈(慽) 일로 여겼다. 아버지를 하늘에 묻고 억장이 무너져 있는데 나는 쪼잔한 감정으로 후배를 탓하고 있었다.

스티븐 코비는 이를 패러다임의 급변(Paradigm shift)이라고 했다.

비욘 나티코 린데블라드(Bjorn Natthiko Lindeblad)

1961년 스웨덴에서 태어나 대학 졸업 후 다국적 기업에서 근무하다 약관의 26세에 임원으로 지명되었지만 홀연히 사직서를 내고 태국 밀림의 숲속 사원에 귀의해 '나티코(Natthiko: 지혜롭게 성장하는 자)'라는 법명을 받고 파란 눈의 스님이 되어 17년간을 비욘 나티코 린데블라드(Bjorn Natthiko Lindeblad) 이름으로 수행한다.

그가 첫째로 모신 아잔 파사노 주지 스님에 이어 아잔 자야사로(Ajan Jayasaro) 스님이 그 뒤를 잇는데 '아잔 차 숲 전통(Forest Tradition of Ajahn Chah)'의 승려로 어느 날 모두의 귀와 눈을 활짝 열게 만든 마법의 주문을 설파한다.

"갈등이 싹이 트려고 할 때, 누군가와 맞서게 될 때, 이 주문을 마음속으로 세 번만 반복하세요. 어떤 언어로든 진심으로 세 번만 되뇐다면 여러분의 근심은 여름날 아침 풀밭에 맺힌 이슬처럼 사라질 것입니다.

'내가 틀릴 수 있습니다. 내가 틀릴 수 있습니다. 내가 틀릴 수 있습니다.'"

『내가 틀릴 수도 있습니다』는 나티코의 이야기와 가르침을 담은 처음이자 마지막 책 제목이기도 하다.

어제까지 알고 있었던 진리나 정의가 하루아침에 달라지고, 늘 푸르러 갈 것만 같은 나무도 어느 순간 앙상한 가지만 남게 되며, 죽은 줄로만 알았던 그루터기에서도 연한 새순이 생겨나는 것을 보면 세상에 영원한 것은 없다.

그래서 성경의 '전도서' 지혜자도 "해 아래에는 새것이 없다(there is nothing new under the sun)"고 가르친다.

기원전 500년 무렵의 그리스 철학자 헤라클레이토스(Heraclitus)는 'Phanta Rhei' 세상에서 변하지 않는 유일한 것은 '만물은 흐른다(everything flows)'는 것으로 누구도 "같은 강에 두 번 들어갈 수는 없다"고 하였다.

강퍅한 꼰대에게 몸은 나날이 뻣뻣해 가지만 생각은 늘 어린이처럼 유연하고 합리적이어야 한다는 것이다.

제2차 세계대전이 종료되었는데도 전쟁이 끝난 줄 모르고 무려 29년 4개월 동안 정글에 숨어 지낸 일본제국군 부대의 정보장교 오노다 히로(小野田寬郞)는 소위 1944년 12월, 패색이 짙은 전쟁에 살아서 돌아오지 못할 것이라며 필리핀 마닐라 근처의 작은 섬 루뱅에 파견된 정글에 숨어 지낸다. 1974년 2월 20일 저녁, 그의 나이 52세가 되어서야 세상 밖으로 커밍아웃 한다.

그가 세상에 던진 한마디는 "명령이 없으면 산에서 내려갈 수 없다"는 것이었다.

22세 청년에서 52세 중년으로 변해 버린 오노다가 귀국했을 때 "일본 군인 정신의 부활"이니 "일본 정신, '야마토다마시(大和魂)'를 굳게 지킨 영웅"이라고들 떠들썩했지만 객관적 수사는 패잔병이었다.

세상에는 이해할 수 없는 악이 존재하기도 하고 용서 못 할 순간, 사람들이 있기 마련이다.

한때는 자신의 모든 것을 다 주었지만 어느 순간에는 분노와 배신, 증오와 절망으로 절대 받아들일 수 없는 누군가가 같은 하늘에 존재하며 살아가고 있다는 것을 느낄 때도 많다. 깜빡이를 켜지 않고 무례하게 끼어든 운전자를 향해 뒤따라가면서 하이빔을 쏘고 주먹질해도 아무렇지도 않게 도주하는 자동차를 봤을 것이다.

자신의 마음에는 분노의 씨, 억울함의 묘목을 심고서 날마다 물을 주고 가꾸지만 세상은 변했고 시대는 지났으며 사람들도 모두 사라진 지금, 아직도 정글에 갇혀 있는 오노다 같은 존재들이다.

하얀 코끼리를 생각하지 말라는 순간 자꾸 기억을 흠집 잡는 코끼리, 누군가를 밀어내려면 마음 어딘가에는 그 사람, 그 감정을 끊임없이 골똘히 생각해야만 한다.

우리에게 가장 중요한 것은 자기 자신과 화해하는 것, 용서와 자비 속에서 미워하는 사람, 분노와 증오를 보내야 할 때가 된 것 같다.

Ⅲ. 배움의 해부

배움도 인생도 그렇다.

상대방의 입장과 의견을 존중하는 역지사지(易地思之)의 자세에 '또 누구든지 너로 억지로 오 리를 가게 하거든 그 사람과 십 리를 동행하라'라는 여유와 배려가 필요하다.

4

지식과 호모에루디티오
(Homo Eruditio)

"너는 누구니?" 애벌레가 물었다.

대화의 첫 마디치고는 호의적이라 할 수 없었다.

앨리스는 수줍어하며 대답했다.

"저… 저는… 지금은 모르겠어요, 선생님. 적어도 오늘 아침에 일어났을 때는 제가 누군지 알았는데, 그 뒤 몇 번이나 변한 것 같아요."

"그게 무슨 말이지? 너 자신에 대해 설명해 봐!" 애벌레가 단호하게 말했다.

"제 자신에 대해 설명할 수 없어요. 두려워요, 선생님. 보시다시피 저는 저 자신이 아니니까요." 앨리스가 말했다.

- 루이스 캐럴(Lewis Carroll, 1832~1898), 『이상한 나라의 앨리스』

지식과 지식인

지식의 역사는 지식 그 자체를 다루는 다양한 식자층을 포괄한다.

식자층의 논의에서 등장하는 개념이 바로 지식인(intellectual)이다.

일반적으로 지식인(知識人)은 다양한 개념에 대한 연구, 노동, 질문 및 응답을 하려고 애쓰는 사람들을 말한다. 그들은 교육을 받아 지적 노동에 종사하고 있는 사람들이며 러시아에서 차르의 전제 통치에 맞선 문인과 학자들, 이른바 인텔리겐치아(Intelligentsia)* 역시 육체적 노동과 정신적 노동의 분리에 따른 지적 노동 종사자로 계급사회 산물로 보자면 민중 혹은 중우(衆愚)와 대비되는 개념으로 받아들여지기도 한다.

사상과 현상들을 지적으로 다루는 직업을 가진 사람으로 흔히 학자와 작가들을 생각할 수 있는데 사상을 다루는 데 있어서 검증 가능성과 책임성이 강조되고 있다.

지식인들은 단순히 다양한 주제들에 대해 그때마다 단발적인 의견을 제시하는 것이 아니라 오늘날에는 그 의견들 뒤엔 언제나 세상에 대한 일관된 계획, 어떤 사회적 비전을 염두에 두고 입이나 이론이 아닌 실제로 하고 있는 행동과 그 행동이 사회에 미치는 영향을 이해할 수 있어야 한다.

---

* 러시아어: **Интеллигенция**, 라틴어로는 intelligentia.

지식인의 개념을 다루는 데 유명한 사례는 바로 드레퓌스(Dreyfus) 사건(1894~1906)이다.

사건 당사자 드레퓌스 대위는 군사기밀을 독일 측에 넘기는 간첩 활동을 했다는 혐의로 군법회의에 회부되었고 이때 프랑스 작가 에밀 졸라(Emile Zora)는 그의 무죄를 증명하는 데 앞장섰다.

'엥텔렉튀엘(intellectual)'은 이런 배경에서 탄생한 단어로 여러 곳에 영향을 미쳤다.

또 다른 유형의 식자층 전문가(specialist)는 의료전문화가 한창인 19세기 중반에 탄생해 주로 의학적 의미로 쓰였으나 지식인들의 직업과 겹치지만 완전히 일치하지 않는 직업, 엄청난 스펙트럼 가운데 극히 좁고 깊은 지식을 가진 특정 분야의 식자층으로 널리 쓰이게 되었다. 이와 대조적인 단어로 해박한 박식가(polymath) 혹은 다재다능한 사람(generalist)도 지식을 다루는 한 부류로 등장하기 시작했다.

지식이란 용어와 유사한 개념으로 '교양'을 생각할 수 있다.

독일어로 교양을 의미하는 Bildung이란 단어는 라틴어 어원 '형성'이란 뜻을 가지는 formatio에서 나와 일반적으로 외부에서 주어진 일련의 매체들을 통해서 — 고전(古典)부터 시작해서 음악 교육까지 — 지금의 상태를 반성하도록 유도하는 교육으로 '학문, 지식, 사회생활을 바탕으로 이뤄지는 품위, 또는 문화에 대한 폭넓은 지식'이다.

진정한 앎이란 자신이 얼마나 무지한지 깨닫는 것이다.

- 공자(BC 551~BC 479)

● **배우고 때때로 익히면 또한 기쁘지 아니한가?**
  (學而時習之, 不亦說乎)

『논어』의 첫 장, 배움의 기쁨은 공자의 '공부하는 인간'에 대한 아포리즘이다.

배우기를 즐기는 호학(好學)의 선언이기도 하다.

그래서 공자는 곤경에 처해서도 배움을 추구하지 않는 사람(困而不學)은 최하로 쳤다.

태어나면서부터 아는 사람이 상등급이다.	生而知之者上也,
배워서 아는 사람은 그다음이다.	學而知之者次也;
곤란을 겪고 나서 배우는 사람은 또 그다음이다.	困而學之, 又其次也;
곤란을 겪고 나서도 배우지 않는 사람은	困而不學,
백성으로서 하등급이다.	民斯爲下矣.

그는 배움의 자세로 "옛것을 익히고 새것을 알면(溫故而知新), 스승 노릇을 할 수 있을 것이다"며 항상 배워나가는 사람(學而知之者)의 자세를 요구했다.

그리고 각별히 경계해야 할 것 가운데 하나가 성찰이다. 그는 배운 것에 대해 사색과 성찰을 통해 스스로가 빠질 미혹과 의혹을 경계했다.

| 배우기만 하고 생각하지 않으면 미혹에 빠지고, | 學而不思則罔 |
| 생각만 하고 배우지 않으면 의혹에 빠진다 | 思而不學則殆 |

학문을 즐기는 데서 나아가 '놂'과 '노니는(遊)' 것으로 확장되는 데는 사사건건 공자 학설에 시비를 걸었던 도가에서도 중요시됐던 공부법이었다. 이는 도가의 대표적 고전인 『장자(莊子)』의 첫 장 제목이 '소요유(逍遙遊)'인 데서도 알 수 있는바 인위적 욕망에서 벗어나 자연처럼 편안하고 한가롭게 지내며 노니는 가운데 최고의 진리를 실천하기 위한 공부법이었다는 점에서 일맥상통하다.

현대에 들어와 문화인류학자 하위징아(Johan Huizinga)는 이성적 인간의 고상함에서 벗어나 새로운 특성을 인류의 새 이름으로 등재시켰다.

인간이란 당초 합리적으로 생각하는 호모사피엔스(Homo-Sapiens)라고 고상하게 불렸지만 합리주의와 순수 낙관론을 숭상했던 18세기 사람들의 주장과는 달리 합리적인 존재라기보다는 물건을 만들어 내는 호모파베르(Homo-Faber)가 한결 실제적이고 명확한 듯 보였다. 하지만 많은 동물들도 물건을 만들어 낸다는 점을 감안할 때 인간과 동물에 동시에 적용되면서 생각하기와 만들어 내기처럼 중요한 제3의 기능이 있으니 곧 놀이하기다. 하위징아는 곧바로 호모루덴스(Homo-Ludens)를 인류 지칭의 또 다른 용어로 리스트에 등재시킨 것이다.

파베르(Faber)가 인간이나 동물에서 공통적으로 나타나는 특성이라면 놀이 역시 동물이나 어린아이의 생활에서도 공통된 현상이다. 그런데 놀이를 사회 문화적, 교육적 기능으로 인식할 때 비로소 생물학과 심리학의 경계를 넘어 배우고 때때로 익히면 기쁜 호학이 되는 것이다.

더욱이 배움을 일로 바꾸어 보면 식자층에게 공부는 곧 일이었고, 오늘을 사는 우리는 모두가 식자층이므로 일과 놀이의 균형을 잡는 '워라벨(work life balance)'이 상대적으로 중요시되는 시절에 접어들고 있다.

호모에루디티오(Homo Eruditio)

인간은 태어나면서부터 죽는 순간까지 배운다.

태어나면서부터 배우지 않고는 생존할 수 없는 존재로서, 배움은 호흡과 같은 본능적인 삶의 요소이다. 이렇게 배우기를 좋아하는 동물로서 인간들의 특성을 지칭하여 라틴어로 "Homo Eruditio"라고 부른다. 인간은 모험이나 시험같이 배움 역시 원초적 씨앗을 가지고 태어나기에 배울 수밖에 없다. Eruditio는 로마시대에서부터 유래한 것으로 철학자들은 교육과 독서를 통해 스스로 학습을 즐기고 서로 배우고 가르치면서 다방면의 지식을 가진 사람을 Eruitus로 불렀고 이러한 학식과 박식을 위한 개인적인 배움은 고대 그리스 로마에서는 인문학, 인문주의(humanitas)의 토대를 이루었다.

생존을 위해 삶을 개조(reformatting)하여 안정적이고 긍정적인 미래를 만들기 위해 오늘날 같은 평생학습사회에서 '배움(erudition)'의 화두는 더욱 강조될 수밖에 없다.

배우는 인간으로서 호모에루디티오를 강조하는 한준상 교수는 주장하길,

> 모든 인간은 호모에루디티오로서 배움 본능을 갖고 태어난다. 배움에 대한 욕망과 욕구, 즉 배움 본능을 가지고 태어난 모두가 배움 인간, 호모에루디티오다. 호모에루디티오는 원초적 인간의 문화적 욕구를 지니고 있다. 호모에루디티오가 우선할 때 셈하는 인간으로서 호모에코노미쿠스도, 놀이인간으로서 호모루덴스도 가능하다. 놀이하는 욕구, 일하고자 하는 욕구, 다스리고자 하는 욕구 그 자체를 발현시키는 원초적 원동력이나 충동은 배움 그 자체로부터 시작한다. 배움의 욕구가 충족되어야 비로소 놀이와 노동이 가능해진다.[*]

배움의 방법은 틀에 갇혀 있지 않다. 대화를 통해 배울 수도 있고, 집단지성을 이용해 배울 수도 있으며, 걷기나 자기성찰, 명상을 통해서 배울 수도 있다.

---

[*] "배움: 미래교육의 새로운 관점", 미래교육연구, 2011, vol.1.

Ⅲ. 배움의 해부

인간은 자신이 배운 것을 통해 자기 자신을 반추하고 개조할 줄 안다. 그는 각자도생으로 배우는 존재인 동시에 공동체를 통해 함께 배우는 존재이기도 하다.

정보통신의 발달과 긴밀한 네트워크의 연결이 심화되고 있는 오늘날 현대사회는 점점 더 큰 변동성(Volatility)과 불확실성(Uncertainty), 복잡성(Complexity), 모호성(Ambiguty), 이른바 VUCA로 일컬어지는 사회를 살고 있는 현대인에게 배움은 생존의 수단이자 행복의 내용이기도 하다.

Homo Eruditio 이외도 끊임없이 진화하는 인간의 속성에 맞게 배움을 갈망하는 인간의 생물학적 특성은 다양하다. 다른 동물과 다르게 인간은 생각하고(Homo Sapience), 언어적 특성(Homo Loquens)을 주무기로 학문하는 인간(Homo Academicus), 연구하는 인간(Homo Studiosus), 공부하는 인간(Homo Kongfus)이다.

하버드대학교 심리학과 대니얼 길버트(Daniel Gilbert)는 인간만이 '넥스팅(nexting)' 하는 존재, 즉 미래를 생각하는 존재라고 말했다. 계절이 변화하면 짐승은 번식과 생존을 위해 움직이지만, 인간은 새해가 밝았음을 선포하고 구체적인 계획을 세우기 때문이다. 그러나 그 미래 때문에 호모사피엔스는 지구에서 가장 강력한 존재이자, 가장 불안해하는 존재가 되기도 한다. 대안을 떠올리고 그 이후를 예측할 수 있는 능력, 즉 전망(prospection) 능력을 가진 덕분에 인간은 즉각적인 만족을 넘어 미래를 대비하며 생존과 진화를 이어왔지만, 알 수 없는 내일에 대한 불안을 떨칠 수가 없게 된 것이다.

이에 긍정심리학의 창시자이자 학습된 무기력과 우울증에 관한 최고 권위자인 펜실베이니아대 심리학과 마틴 셀리그먼 교수는 이러한 인간의 전망 능력이야말로 호모사피엔스의 유일무이한 특징을 명확하게 보여준다고 밝히며, 지혜로운 존재라는 뜻의 '호모사피엔스' 대신 "무엇이 인간을 지혜롭게 만드는가?"라는 질문에 답하는 '호모프로스펙투스(Homo prospectus)'로 인간을 재정의해야 한다고 주장한다. 마틴 셀리그먼은 뉴욕타임스 칼럼(2017)을 통해 지난 100여 년간 과거에 지배당한 심리학의 한계를 지적하며 이렇게 말했다.

우리는 순간을 사는 존재로 만들어지지 않았다.
We aren't built to live in the moment.

인간의 가장 근본적인 능력인 '전망'이라는 개념을 심리학에서 가장 중요한 위치에 놓음으로써 패러다임의 전환을 시도한다.

전망하는 인간으로서 '호모프로스펙투스'는 심리학자 마틴 셀리그먼을 비롯하여 저명한 심리학자 로이 바우마이스터(플로리다주립대 심리학과 교수), 철학자 피터 레일턴(미시간대 철학과 교수), 심리학자이자 신경과학자 찬드라 스리파다(미시간대 철학과 및 정신의학과 부교수) 등 세계적 석학들이 전망의 원리를 바탕으로 미래에 대해 인간이 생각하는 방식을 탐구함으로써 정서·직관·선택·상상 등 인간의 인지과정에 대한 새로운 관점을 제시하고 있다.

인간은 흘러간 과거에 애착하면 우울하고, 미래에 매몰되면 불안하다.

Homo Eruditio는 현재에 집중하면서도 과거에서 교훈을 얻고 이를 바탕으로 앞날을 '넥스팅(nexting)' 하는 존재다. 그렇게 함으로써 개개인의 삶에서도 과거나 현재에 묶여 있는 생각이 아니라 미래를 내다보고 준비하고 행동하는 중요한 계기로 작용할 것이다.

IV

배움의

도전

대학을 졸업하면서 내가 재학 중에 항해학(navigation) 과목을
수강했다는 사실을 알고는 깜짝 놀랐다. 세상에 차라리 배 한
척을 직접 몰고 항구 밖으로 나갔더라면 훨씬 더 많은 것을 배
웠을 것이다. 가난한 학생들까지도 정치경제학만 공부하고 강
의를 듣고 있을 뿐, 철학과 동의어라고 할 수 있는 삶의 경제학
은 대학에서 진지하게 가르치지 않고 있다. 그러다 보니 애덤
스미스와 리카도, 세이 경제학을 공부하고 있는 동안 아버지는
엄청난 빚더미에 빠져들고 마는 것이다.

– 헨리 데이비드 소로(Henry David Thoreau),
『삶의 경제학(Economy of Living)』

1

실사구시(實事求是)

배움에서 실사구시(實事求是)란 문자 그대로 사변적이고 이론적인 것에서 떠나 눈으로 보고 귀로 듣고 손으로 만져 보는 것과 같이 객관적 사실과 검증을 통하여 정확한 판단과 해답을 얻고자 하는 노력이다.

동양에서 이 말은 한서(漢書) 권(卷) 53 열전(列傳) 제(第) 23 경십삼왕전(景十三王傳) 중 〈하간헌왕덕전(河間獻王德傳)〉에 나오는 "수학호고 실사구시(修學好古實事求是)"에서 비롯된 말로 청(淸)나라 초기에 고증학(考證學)을 표방하는 학자들이 공리공론(空理空論)만을 일삼는 송명이학(宋明理學)을 배격하여 내세운 표어이다.

우리나라 역시 조선 후기에 들어와 이러한 학풍이나 경향이 본격적으로 추구되었다. 추사 김정희는 '실사구시론'을 다음과 같이 피력하고 있다.

> 실사구시라는 말은 학문을 하는 데 가장 요긴한 방법이다. 만약 실사(實
> 事)를 일삼지 않고 공허한 학술만을 편하다고 여기고, 그 옳음은 구하지
> 아니하고 선인(先人)의 말만을 위주로 하면 그것은 성현의 도에 배치된
> 다. 학문의 도는 마땅히 실사구시해야 하며 공허한 이론을 따르는 것은
> 옳지 않다. 다만 널리 배우고 힘써 행하되, 오로지 실사구시 한마디 말을
> 주로 하여 실천하면 된다.

헨리 데이비드 소로(Henry David Thoreau, 1817~1862)는 미국 매사추
세츠주 콩코드에서 태어난 철학자 · 시인 · 수필가다. 하버드대학 졸
업 후 집필한 대표작『월든 – 숲속의 생활(Walden)』(1854년)은 2년 2개
월에 걸친 숲에서 혼자 기록을 정리한 것으로, 그 사상은 이후 시인과
작가 그리고 시민사회에 큰 영향을 주었다.

그는 "깨어 있는 삶"을 갈구하면서 삶의 본질적인 사실을 직면하고
자 애썼다.

『삶의 경제학(Economy of Living)』에서 그는 본인 대학을 졸업하면서
재학 중에 '항해학(navigation)' 과목을 수강했던 기억을 떠올리며 "차
라리 배 한 척을 직접 몰고 항구 밖으로 나갔더라면 훨씬 더 많은 것을
배웠을 것"이라고 한탄했다. 가난한 학생들까지도 정치경제학만 공부
하고 강의를 듣고 있을 뿐, 철학과 동의어라고 할 수 있는 삶의 경제학
은 대학에서 진지하게 가르치지 않고 있다 보니 애덤 스미스와 리카

도, 세이 경제학을 공부하고 있는 이를 학자금으로 뒷받침하는 부모들은 엄청난 빚더미에 빠져들고 있음을 지적했다.

소액대출 미소금융(美少金融), 마이크로 크레딧(microcredit)의 선구자로 불리는 무함마드 유누스(Muhammad Yunus)는 1940년 영국령 인도 벵갈 지방(현재는 방글라데시)의 치타공의 유복한 무슬림 집안에서 아홉 남매 중 셋째로 태어났다.

다카대학교에서 경제학을 전공한 후 풀브라이트 장학금을 받아 미국 밴더빌트대학교에서 박사학위를 받은 그는 귀국 후 치타공대학교에서 경제학을 강의하는 동안 국민 대부분이 빈곤에 시달리는 현실을 개탄하며 자신이 가르치고 있는 경제이론에 대해 회의가 들었다.

대중들의 삶과 동떨어진 허황된 경제이론이 당장 가난한 사람들에게 아무런 소용이 없다는 것을 깨닫고 고리대금업자들이 고이율을 부과하여 주민들이 이에 시달릴 수밖에 없는 것을 보고 이들이 작은 사업을 시작할 수 있도록 돈을 쉽게 빌리는 것이 중요하다고 생각하였다. 1976년 마이크로크레디트 그라민 은행(A Bank for the Poor-Grameen Bank)을 설립, 극빈자에 대한 무담보 대출로 재기의 발판을 마련하고 빈곤 퇴치에 기여했으며 그 공로를 인정받아 2006년 그라민 은행과 공동으로 노벨 평화상, 서울 평화상 등을 수상하였다.

나는 학교에서 강의할 때 일반 교재를 거의 쓰지 않는다.
스포츠정책이나 정치론들을 강의할 때 아무리 최근에 발간된 책이라고 해도 6개월 전의 이야기들이기 때문이다. 그렇기 때문에 기본원리나 이론들은 참고하지만 현실이 바로 교과서이자 교실이기 때문에 나는 신문을 아주 좋아한다.

시골 농촌에 있으면서도 여의도 증권맨이나 정치인들이 읽는 신문을 시간차 없이 볼 수 있는 것은 일종의 행운이다. 퇴직 이후 시간이 널널한 덕에 종합지를 필두로 경제지, 스포츠 등 하루 10개 신문을 PDF 형태로 컴퓨터를 통해 그대로 읽는다. 빠르고 효율적이라서 맘에 닿는 기사는 이미지로 저장하는데 주로 칼럼이나 종교, 문화, 출판에 관한 내용들이다.

새벽에 스크랩해 둔 신문을 오전에 차 한잔과 곁들여 편안한 자세로 여유 있게 되새김하는 시간은 백수가 아니면 못 느끼는 재미다.

시시각각 촌각을 다루는 뉴스 대신 심층 기사나 탐사 기사들은 법고창신(法古創新), 진짜 보물(眞寶) 같은 고문(古文)으로 글감이나 강연물로 쓴다.

어릴 적부터 아버지는 방과 후 늘 신문보급소에 들러 오라고 했다.

도시의 조간이 시골까지 배달되는 데 한나절이 걸리고, 보급소 아저씨는 이 신문을 다음 날 오전에 배달해 주기에 신문이 아니라 구문이 되는데 학교를 파하고 신문을 직접 가져오면 그나마 석간 같은 조간을 보는 것이다.

그럴 때면 배급소 아저씨는 마을 신문 몇 군데를 내게 맡겼다. 집에

도착하여 우리 집 신문은 아버지가 보고 나머지는 내가 봤다. 덕분에 한자는 신문을 통해서 배웠고 어느 때는 퀴즈에 당첨되어 개봉관 극장표를 받기도 했다. 물론 그림의 떡이었다.

아버지는 굵은 돋보기로 신문기사를 소리 내어 읽어 내려갔다. 시작과 마침이 똑같은 일사천리의 옥타브로 읽어 내리시는 모습과 목소리가 선하다.

참 이상하다. 기억 속에서는 모습도 모습이지만 목소리도 어느 공간에 저장되었는지 지금도 들으면 아버지의 목소리는 금방이라고 알 수 있을 것 같다.

이미지는 소리와 함께 저장되니 참으로 그리움이 크다.

신문의 칼럼은 인터넷 포털이나 블로그에 많이 인용되는데 놀라운 것은 상당수의 인용자들이 부동산 종사자들이 많다. 아마도 나이 많은 공인중개사들이 여유시간에 좋은 글들을 많이 발췌하여 포스팅하기 때문인 것 같다. 대단하다.

미국의 신문재벌 윌리엄 랜돌프 허스트는 "뉴스란 누군가 기사화되는 것을 막으려는 것이고, 뉴스를 제외한 나머지 모두가 광고인 것이 신문이다"라며 신문의 상업성을 역설하기도 했지만 오래된 기사를 읽어도 전혀 구문(舊聞) 같지 않은 신문(新聞), 때가 끼어도 때가 타지 않는 글, Oldies but Goodies!

"정치 · 경제 · 사회 · 문화 · 산업 · 과학 · 종교 · 교육 · 스포츠 등 전체 분야 또는 특정 분야에 관한 보도 · 논평 · 여론 및 정보 등을 전

113

파하기 위하여" 발행되는 신문은 그래서 역사의 기록이자 훌륭한 교육자료(Newspaper In Education, NIE)이기도 하다.

지식인(知識人)은 다양한 개념에 대한 연구, 노동, 질문 및 응답을 하려고 애쓰는 사람들을 말한다. 우리 사회의 문인, 철학자, 사상가, 대학교수 등 공적 담론을 이끌어 나가는 이들로서 배움꾼은 시대와 사회의 길잡이로 한 시기를 헤쳐 가면서 책임윤리와 신념윤리 사이에 갈등하며 이성적이고 도덕적 균형 감각을 갖춘 독립된 파수꾼, 현대판 인텔리겐치아(intelligentia)가 되어야 할 것이다.

2
거대한 전환
(The Great Transformation)

월리엄 블레이크(William Blake)라는 근대 영국의 걸출한 시인이 있다. 정규교육도 제대로 받지 못하였고, 판각가(板刻家)로 미술원 일을 했던 그의 시가 음악가나 논객들에게 자주 차용되고 있다.

2012 런던올림픽 개막식을 연출한 영화감독 대니 보일(Danny Boyle) 도 그의 시상을 차용했고 작곡가나 논객들도 자주 인용한 터다.

헝가리의 정치경제학자 칼 폴라니(Karl Polanyi)가 1944년에 출판한 작품으로, 19세기와 20세기 초기에 산업화와 시장경제의 출현에 따른 사회와 문화의 근본적인 변화를 연구한 역작 『거대한 전환(The Great Transformation)』에서 자본주의의 시장질서를 윌리엄 블레이크의 시구를 빌려 '악마의 맷돌(Satanic Mills)'에 비유했다. 그는 산업혁명과 이를

IV. 배움의 도전

뒷받침하기 위하여 만들어진 시장경제·자본주의가 사회를 악마의 맷돌처럼 갈아 인간 본성에 내재한 공동체성을 파괴하고 원자로 만들어 버린다고 분석하고 있다.

그의 서사시 〈밀턴(Milton)〉 서문의 '아득한 옛날 저들의 발길은(And did those feet in ancient times)'은 아득한 옛날 예수가 거닐었다는 잉글랜드의 '푸르고 복된 땅(green and pleasant Land)'을 시상화했다고 할 수 있다.

먼 옛날 저들의 발길은
잉글랜드의 푸른 산 위를 거닐었나?
거룩하신 주의 어린양이
잉글랜드의 기쁨의 들판 위에 보였나!
그 성스러운 얼굴이
우리의 구름 낀 언덕에 빛을 비추셨나?
정말로 예루살렘이 이 땅 위에,
이 어두운 악마의 맷돌(Satanic Mills)들 사이에 세워졌나?
금빛으로 불타는 나의 활을 가져오라
나의 염원을 품은 화살을 가져오라
나의 창을 가져오라, 오 구름이 펼쳐지누나!
내 불의 전차를 가져오라!
나는 영혼의 싸움을 멈추지 않으리,
나의 검도 내 손에서 잠들게 하지 않으리
우리가 잉글랜드의 푸르고 즐거운 땅에
예루살렘을 세울 때까지

놀랍지 않은가? 잉글랜드 들판을 거닌 예수의 묘사가!

묵시와 계시와 증거가 드문 지금도 그 역사는 어디서나 누구에게 쓰이고 있는 것이다. 그래서 윌리엄 블레이크는 썼다.

> What is now proved was once only imagined.
>
> 지금 증명된 것은 한때에는 그저 상상에 그쳤던 것이다.

최근 코로나19 대유행 사태와 경제위기는 인류사적으로 또 다른 대전환을 요구한다. 이 위기가 가져온 산업별, 기업별, 기술특성별 명암은 뚜렷하다.

물론 인문학적, 지식사학적 변혁은 말할 것도 없다.

현대경영학의 구루로 불리는 피터 드러커(Peter Ferdinand Drucker) 교수는 『자본주의 이후의 사회 post-capitalist society』에서 "토지 노동 자본과 같은 전통적 생산요소의 효용은 이제 한계에 달했다"고 갈파하고 "앞으로는 정보와 지식을 전략적으로 생성, 획득, 분배, 적용하는 능력이 힘의 유일한 근원이 된다. 농경사회가 지식을 도구에, 산업사회가 지식을 기계에 이용했다면 새로운 시대는 지식을 활용하는 세상 (Brain-based Society), 뇌본사회이다"라고 정의했다. 사회체계와 가치관, 산업구조가 인간과 과학의 상호작용과 정보의 흐름을 촉진하는 데 기반을 둔 새로운 세상이다.

드러커가 세상을 뜬 후 세상은 또 다른 전혀 다른 사회가 전개되고 있다.

그것은 인공지능(AI)과 빅데이터, 초연결 등으로 촉발되는 지능화 혁명을 넘어 이제는 Chat GTP, Bard AI와 같은 그 이상의 혁명적 정보화가 눈앞에서 전개되고 있다.

문명사적 대전환의 현대를 가리켜 '뷰카(VUCA)의 시대'라고 규정한다.

변동성(Volatility), 불확실성(Uncertainty), 복잡성(Complexity), 모호성(Ambiguity)으로 특징되는 현대를 1990년대 초반 미국 육군 대학원에서 처음 사용하기 시작한 개념을 확장한 것이다.

기업이나 개인은 이러한 VUCA시대를 살아남기 위해서는 경영혁신, 구조조정 등이 필수적이며 기존의 지식과 경험에서 탈피해 새로운 돌파구를 찾아야 한다는 것을 압박하고 있는 것이다.

또 다른 현상은 '빅블러(Big Blur)'다.

'흐리게 하다'는 의미의 영어 'Blur'와 'Big'을 결합해 만들어진 용어로, 발전한 기술을 매개로, 이종(異種) 산업 간 경계가 무너지며 융합하는 현상을 가리키는 말이다.

미래학자 스탠 데이비스가 1999년 "ICT(정보통신기술)의 발전 아래 모든 산업은 소프트웨어 산업이 되고, 여러 산업이 한데 섞일 것"이라고 예측하면서 처음 쓴 말을 과거에는 업종 간의 경계가 분명했던 반면 사물인터넷(IoT), 핀테크, 인공지능(AI), 드론 등 4차 산업혁명의 혁신적인 기술의 발전과 사회 환경의 변화 등으로 영역 간의 경계가 흐려지면서 빅블러 현상이 대두됐다.

예컨대 커피숍이 도서관으로 그 기능을 변모하고 있고 스타벅스코리아가 전용 앱과 카드 등을 통해 예치한 선불 충전금이 1,801억 원에 달한다. 이는 국내 주요 핀테크 기업인 토스(1,214억 원)와 네이버파이낸셜(689억 원)보다 많다. 스타벅스나 카카오와 같은 음료나 서비스 회사의 앱의 자산이 시중은행의 총자산을 상회하거나 온라인 배달앱이 오프라인 매장 기능을 대체하는 등이 빅블러의 대표적인 사례다.

대학 역시 기존 전공계열의 입시구조에서 경계와 벽을 허문 새로운 차원의 학문적 통합과 융합은 지식과 배움에서 또 다른 변신의 시작이라 할 수 있다.

3

Sapere Aude(Dare to be Wise)

1848년 이른바 'Golden State'로 불리는 캘리포니아(CA) 1848년 새크라멘토강 근처 존 셔터의 제재소에서 금맥이 처음 발견되면서 골드러시의 단초가 시작되었다. 하지만 진짜 부자는 금광에서 금을 캐는 사람이 아니었다.

황금 광풍으로 대박을 거둔 사람들로서는 엉뚱한 세 부류가 있었다.

금이 발견되었다는 소식을 듣고 금을 캐는 데 필요한 삽, 곡괭이 등의 도구와 생필품을 선점한 상인 샘 브라이턴, 찢어진 광산 천막을 질긴 바지로 재탄생시켜 청바지의 원조가 된 리바이 스트라우스(Levi Strauss), 송금할 수 있도록 역마차 운송업과 더불어 '웰스파고'의 헨리 웰스(Henry Wells)와 윌리엄 파고(William Fargo) 형제였다.

급변하는 시대에 배움의 자세는 무엇인가?

사페레 아우데(Sapere aude)!〈?〉

"과감히 알려고 하라!(Dare to know)", 자신의 이성을 어떻게 사용할지에 대한 용기를 가지라(Have courage to use your own reason)는 뜻이다.

이는 고대 로마의 시인 호라티우스(Quintus Horatius Flaccus)의 〈서간집〉 1권, 두 번째 시 구절(기원전 20년) "Dimidium facti, qui coepit, habet; sapere aude, incipe"(시작이 반이니 용기 있게 알려 하라, 시작하라)에서 나왔다. 이마누엘 칸트가 『계몽이란 무엇인가에 대한 답변(Beantwortung der Frage: Was ist Aufklaerung?)』(1784년)에서 이를 인용하면서 계몽주의의 표어가 되었다. 즉 계몽이란 '인간이 스스로 자초한 미성숙' 상태나 종교적 권위나 정치적 권위의 '도그마의 인습'에 '나태하고 소심하게' 복종하는 것으로부터 탈출하는 것이다. 미성숙(년) 상태란 다른 사람의 인도 없이는 자신의 오성을 사용하지 못하는 무능을 말한다. 미성년의 원인이 오성의 결핍에 있지 않고, 다른 사람의 인도 없이 오성을 사용할 결의와 용기의 결핍에 있다면, 그것은 스스로 자초한 것으로 봤다.

> Sapere aude! 네 자신의 오성을 사용할 용기를 가져라!
> Habe Mut, dich deines eigenenVerstandes zu bedienen!

이것이 계몽주의의 표어다. 이는 또한 오늘날 학문하는 자세, 배움의 방법이기도 하다.

●   Nullius in verba (Take nobody's word for it!)

'nullius'란 라틴어는 "다른 아무 교구에도 속하지 않은"이란 말이다. 개신교 같으면 이른바 독립교단인 셈이다. 그렇기 때문에 이는 과학 방법론에서 매우 중요한 원칙 중 하나로 '자연과학진흥을 위한 런던왕립협회(The Royal Society of London for Improving Natural Knowledge)' 의 모토이기도 하다.

"on the word of no one"

권위나 상징, 기존의 교리에 얽매이지 말고 실험에 기반하거나 과학적 증거나 데이터에 의지하여 진리를 추구하라는 말이다.

근대과학의 선구자인 프랜시스 베이컨도 이르기를

"확신에서 출발하면 의심으로 끝나지만 의심에서 출발하면 확신으로 끝날 것이다"라고 말하여 타성적인 인식을 경계했다.

왕립협회의 회원이면서도 만유인력 등 인류 과학사에 획기적인 업적을 남겼던 뉴턴 경(Sir Isaac Newton)도 확신에 찬 주식 도전에 쓴잔을 마신 후 유명한 말을 남겼다.

I can calculate the motion of heavenly bodies,
but not the madness of people.

IV. 배움의 도전

나는 천체의 움직임은 계산할 수 있지만,

인간의 광기는 도저히 계산할 수 없다.

● 코기토 에르고 숨 (Cogito, ergo sum)

코기토 에르고 숨(Cogito, ergo sum), "나는 생각한다. 그러므로 나는 존재한다"는 말은 데카르트가 방법적 회의 끝에 도달한 철학의 출발점이자 지식이나 학문적 탐구의 중요한 방법론이기도 하다.

그는 여타의 지식이 상상에 의한 허구이거나 거짓 또는 오해라고 할지라도 한 존재가 그것을 의심하는 행위는 최소한 그 존재가 실재임을 입증하는 것이라고 봤다. 인식이나 자각이란 생각이 있어야 하며 그렇기에 파스칼의 명제처럼 인간은 연약한 동물이지만 생각하는 한 위대한 영장이 될 수 있는 것이다.

같은 반열로 이태리어 "E pur si muove" 혹은 "Eppur si muove(에푸르 시 무오베)"도 학문의 방법서설에서 빼놓을 수 없다.

종교적 유죄 판결 직후 갈릴레오가 했다는 말로 알려졌지만 확실한 증거가 없는 것으로 알려진 이 말은 진리의 보편성이 위협과 이단의 항거 속에서도 거부할 수 없는 명제, "그래도 지구는 돈다(Eppur si muove)"는 진리의 외침이기도 하다.

Conatus!

'노력하다'의 동사 코너(cōnor)에서 파생된 이 말은 자신을 보존하고 번영하기 위한 노력, 어떤 것이 계속 존재하려 하고 스스로 발전시키려 하는 경향성으로 데카르트, 라이프니츠, 스피노자, 홉스 등 철학자들이 즐겨 사용한 말이다. 삶에로의 본능적 의지 혹은 운동이나 관성에 대한 형이상학적 저항이기도 하다.

> 진정한 발견의 여행이란
> 새로운 풍경을 찾는 것이 아니라 새로운 눈을 갖는 것
> The real voyage of discovery consists not in
> seeking new landscapes, but in having new eyes.

프루스트의 말이다. 애플식 표현대로 하면 'Think Different!'와도 통한다.

바로 배움의 방식이기도 하다.

4
이청득지(以聽得智)

이청득심(以聽得心)이란 말이 있다.

논어(論語) 위정 편(爲政篇)에서 유래한 것으로

춘추시대 노(魯)나라 왕이 바닷새를 궁 안으로 데려와 술과 산해진미로 융숭하게 대접했지만 아무것도 먹지 않아 사흘 만에 죽었다. 바닷새는 바다에서 사는 동물이라 그 습성을 이해하지 못하고 오히려 해로운 음식과 술을 주어 결국 죽음으로 몰고 간 것이다.

공자(孔子)는 상대방의 말과 생각과 감정, 입장 등을 잘 듣고 이해해야만 그들의 마음을 얻을 수 있다고 가르쳤다.

성경에도 이르기를 "믿음은 들음에서 난다"라고 하여 잘 듣는 것이 믿음의 본질임을 가르쳐 주고 있다.

미국의 베스트셀러 작가이자 정신과 의사 M. 스캇 펙(Morgan Scott Peck)이 한번의 유명한 강사의 강연에 참여하고 난 뒤 그 후기를 그의 베스트셀러『아직도 가야 할 길 The Road Less Travelled』에 소개하고 있다.

그는 한 강사의 강연을 듣기로 하고 강사의 식견과 명성에 빠져 녹초가 될 정도로 강연에 몰입했었다고 술회했다. 그런데 강연 후 조촐한 다과 시간에 청중을 오가며 반응을 살폈는데 놀랐다. 그들은 대체로 낙심했고 기대 이하였고 어떤 부인은 그가 우리에게 말해 준 것은 '아무것도 없다'고 장담했다. 똑같은 강사의 똑같은 강연을 듣는 그 자리에서 무슨 일이 일어난 것일까? 그것은 강사의 말을 들으려는 자세와 마음가짐이었다.

그는 다른 때, 다른 사람과는 달리

첫째, 그는 강사의 위대함을 알아보았고 강연이 매우 가치 있다는 것을 알았다.

둘째, 강연주제를 평소에도 흥미를 갖고 있었다.

셋째, 강연을 깊이 이해, 흡수하여 자신의 이해력과 성장에 도움을 주고 싶은 목적을 가졌다.

넷째, 강연을 열심히 듣는 것이 강사에 대한 존경의 표현이라 여겼다.

다섯째, 내가 선택한 행동을 후회하지 않는 것으로 생각했다.

사람들은 대체로 관계 속에서 무언가를 얻으려는 기대감이 크고 타인에게 무언가 주겠다는 동기는 희박하다. 사랑은 상대방에게 관심을 갖는 것이다.

관심을 행동으로 나타내는 평범하고도 중요한 방법이 바로 경청이고 이는 상대방의 마음을 얻는 데(以聽得心) 지름길이다.

이청득심(以聽得心)은 배움과 가르침을 얻는 비결이기도 하다.

무엇보다 깨끗하고 선한 양심을 가지고 마치 스펀지가 물을 흡수하듯 상대방이 전하는 가르침이나 배움을 온전하게 수용할 때 배움은 저절로 쌓이는 것이다.

바로 바르고 정성을 들여 듣는 것이 이청득심(以聽得心)을 넘어 이청득지(以聽得智), 지혜를 얻는 기본이기도 하다.

한 제자가 소크라테스에게 물었다.
"어떻게 하면 진리를 깨우칠 수 있습니까?"
소크라테스는 답 대신 제자들에게 한 가지 제안을 했다.
"오늘부터 매일 손을 앞뒤로 300번씩 흔들도록 하라."
제자들은 코웃음을 쳤다. 그렇게 간단한 걸 못 할 리 없기 때문이었다.
한 달이 지나고 소크라테스가 다시 물었다.
"너희들 중 몇 명이나 손 흔들기를 하고 있느냐?"
대부분 제자들이 우쭐거리며 손을 들었다.
그리고 일 년이 지난 후 소크라테스가 다시 물었다.
"지금까지 손 흔들기를 계속하고 있는 사람은 누구냐?"
단 한 명만이 손을 번쩍 들었다. 그가 바로 플라톤이었다.

누구나 당연하고 쉽다고 생각하는 일에 열정과 최선을 다하는 것, 그래서 신은
디테일에 있다. The devil is in the detail!
성공하는 가장 확실한 방법은 누구나 할 수 있는 평범한 것도 이를 소중하게
생각하고 남보다 다르게 최선을 다하는 것이다.

연습이란 당신이 잘하도록 만들기 위하여 당신이 하는 것이다.
- 말콤 글래드웰

그 정도로 사색하고, 그 정도로 존재하고, 그 정도로 경험하고, 그 정도로 나다
워지는 때는 혼자서 걸어서 여행할 때밖에 없었던 것 같다.
- 루소 『고백론』

제2부

Solvitur Ambulando

(It is solved by walking)

I

호모비아토르

살면서 몇 가지 바보짓,
내일을 위해 오늘을 희생하는 것,
이익을 위해 건강을 소홀히 하는 것,
그리고..
걷기를 부추기면서
정작 앉아서 걷기 책을 쓰는 것.
그래서...
걷는다!

몽롱한 가운데 바닷가 푸른 모래밭이 펼쳐져 있고 그 위 검푸른 하늘엔 노란 보름달이 걸려 있었다. 생각해 보니 희망이란 본래 있다고도 할 수 없고 없다고도 할 수 없는 거였다. 그것은 마치 땅 위의 길과 같은 것이다. 본래 땅 위에는 길이 없었다. 한 사람이 먼저 가고 걸어가는 사람이 많아지면 그것이 곧 길이 되는 것이다.

- 루쉰, 『고향』(1921년 1월)

1
걷기는 어떻게 배움이 되는가

개인이든 공동체 모두는 끊임없이 문제에 직면한다.

맞닥뜨린 문제를 풀어나가는 과정이 배움이고 생명(生命)의 실천이다.

그렇기 때문에 삶의 존속을 배제한 배움은 불가능하다.

배움은 한 개인이 태어날 때부터 죽음에 이르는 순간까지 지속적으로 성장하고 실현하며 공동체 차원으로 확장해 나가도록 도와주는 작업이다.

교육학자들은 배움이란 일상(life)과 여가(leisure)와 소양(literacy)이란 세 가지 측면을 지덕체(智德體)의 전인적이고 조화로운 성장을 위한 실천 활동으로 보기도 한다. 이런 실천 활동에는 기본적으로 호모에렉투스(Homo erectus), 직립 인간으로서의 도보 본능이 자리하고 있다.

I. 호모비아토르

오늘날 인간의 뇌는 대체로 1,300~1,400cc 정도의 용적을 지니는데, 학자들의 일치된 견해는 인간의 뇌 용적이 이렇게 확장되는 데는 불과 수백만 년이라는 짧은 기간에 걸쳐 비교적 급속히 진화했다는 것이다.

미국의 인류학자 마빈 해리스(Marvin Harris)는 저서 『문화인류학 Cultural Anthropology』에서는 최초의 원인류가 오늘날의 호모사피엔스로 진화하는 과정을 설명하면서, 진화의 원동력을 발의 움직임에서 찾았다. 특히 직립보행은 인간과 유인원을 구분하는 해부학적 특징이 되었고, 이 해부학적 특징은, 즉 도구 개발, 두뇌 발달, 언어 창조, 수명 연장 등 직접적인 동인(動因)으로 보았다.

문화인류학자나 운동생리학자들은 직립보행은 손의 관절을 이용하여 걷는 것보다 무려 35%가량 칼로리가 절약되고, 그로 인해 칼로리를 충분히 뇌에 공급하게 되어 다양한 사고와 창조력을 발휘하게 된다는 것이다.

인간은 직립보행을 함으로써 네 발로 걸으며 코를 킁킁거리거나 숨을 헐떡거리는 수준에서 벗어나 다양하고 복잡한 소리를 하게 되었고, 시야가 확보되어 더 멀리 더 높은 곳을 바라보면서 세계관이 달라졌다. 또한 두 발로 걷는 동안 뇌와 다리 사이 복잡한 신호 교환이 일어나면서 두뇌가 발달하였다.

네 개의 지체(limb), 사지(四肢)로 걸었던 유인원에 비해 두 발로 직립보행을 한 호모에렉투스는 1차원적인 삶에서 공감각적인 영역으로 활동하게 되면서 이전과는 다른 두뇌활동이 가능했던 것이다.

이로써 생존에서 생각하는 존재인 호모사피엔스로의 진화를 가능케 하였고, 인류의 문명과 삶의 방식을 크게 변모시켰다. 그 원초적 변화 단서는 호모에렉투스, 바로 두 발로 서서 '걷는다'는 것이었다.

걷기는 자기도 모르게 본능적으로 어느 순간 몰입(flow)과 집중(centering)으로서의 몸과 마음의 융합을 도모하고 이는 배움의 존재감과 욕구를 북돋아 준다.

걷기가 이동의 수단과 운동을 넘어 '채우고 비우고 쉼'의 개조(reformatting)와 성숙(maturation), 성찰(reflecting)의 구조화가 될 때 개인적으로는 자신의 개조와 성찰을 도모하고 공동체로 확장되고 사회적 연대를 심화시키는 한 차원 높은 새로운 배움의 열매를 맺게 되는 것이다. 일종의 사회적 자본인 셈이다.

걷기가 이러한 배움의 수단이자 원동력이 될 때 배움의 시작이고 배움으로의 실천이며 배움의 성숙이 된다.

도보학(徒步學)

일찍이 소크라테스는 아테네 거리를 걸으며 자신을 알아 나갔고, 의학의 시조 히포크라테스는 걷기가 최고의 명약이라 여겼으며 평생 걷기로 생각하고 사상을 설파했던 장 자크 루소는 "나는 걸을 때만 명상에 잠길 수 있다. 걸음을 멈추면 생각도 멈춘다. 나의 마음은 언제나 나의 다리와 함께 작동한다"라고 고백한 적이 있다. 그에게 걷기는 사색이자 사유였기에 자연스럽게 걷기를 통해 철학적인 사고를 하는 셈이다.

니체 역시 "철학보다 몸에 더 많은 지혜가 있다"고 말했다.

걷는 발뒤꿈치에서 생각이 나온다고까지 하자면 "우리의 지성이라는 것은 우리의 걸음이 잉태한 자식이다. 그러므로 지성의 역사는 다리의 역사와 함께 시작됐다"고 할 것이다.

뇌 건강 및 인지능력 분야의 석학으로, 노스이스턴대에서 심리학 교수 및 뇌인지건강센터 소장을 맡고 있는 아서 크레이머 교수가 2023년 9월 우리나라를 찾아 '운동과 뇌 인지 능력'을 주제로 강연하였는데 우리 뇌의 관자엽 안쪽에는 인지와 기억을 담당하는 부위인 '해마(hippocampus)'가 있는데, 6개월 이상 꾸준히 운동한 사람의 해마 부위가 커지고 인지능력 역시 증가한다는 연구 결과를 소개했다.

뇌건강 전문가들은 나이 들면 가장 먼저 쇠퇴하는 영역이 WMN, Walking(걷기), Memory(기억), Network(사회활동 및 교류)라고 한다. 그런데 이 가운데 걷기만 잘해도 "잠든 뇌"를 깨울 수 있고 밀실에서 광장으로의 출구 통로가 될 수 있다.

크레이머 교수 역시 운동의 종류는 크게 상관없지만 상대적으로 운동 능력이 떨어지는 노년층의 경우 격렬한 운동보다는 가벼운 운동,

특히 걷기와 같은 가볍고 꾸준한 운동이 뇌 인지능력 향상에 큰 도움을 줄 수 있다고 강조했다.

그는 또 하나의 비법으로 '쓰기'를 소개했는데 특히 성경이나 불경이나 시, 에세이 등의 일부를 그대로 베끼는 필사(筆寫)는 대단히 유익한 활동 가운데 하나다. 나 역시 걷기와 꾸준하게 필사하고 있는데 기억력은 물론 손아귀의 힘, 하루에 조금씩 해냈다는 성취감이 크기에 적극 추천하고 싶다.

⬤ 배움과 만족

학이시습지불역열호!(學而時習之不亦說乎), 예로부터 성현들이 이르기를 배우고 때때로 익히면 또한 기쁘다 하였다. 기쁘니 마음이 모자람이 없으니 흡족(洽足)하고 가득하니 만족(滿足)이다.

가만 보면 기쁨의 뿌리가 발(足)이다.

사람에게는 206개의 뼈가 있다. 그 가운데 106개가 두 손과 발에 있다.

그중에 발에는 우리 뼈의 4분의 1인 52개의 뼈가 있다.

오르막길이나 깔딱고개를 힘들거나 땀 나게 하는 걷기일수록 이상하게도 발은 지치고 몸은 피곤하나 뇌에서 행복감을 고양하는 엔도르핀과 신경 전달체의 분비를 자극하여 충족(充足)하니 가히 자족(自足)

Ⅰ. 호모비아토르

에 만족이다.

발이 움직이면 맘이 편하고, 일도 풀리고, 삶도 평온하다.

그래서인지 일찍이 조선의 학자 퇴계 이황을 비롯하여 여러 성현들
은 '독서여유산(讀書如遊山)'이라 했다.

독서인설유산사(讀書人說遊山似)
　사람들 말하길 글 읽기가 산 유람과 같다지만
금견유산사독서(今見遊山似讀書)
　이제 보니 산 유람이 글 읽기와 비슷하구나.

배움과 걷는 것이 일반이다.

Desero ergo sum! '나는 욕망한다. 그러므로 존재한다.'
하루를 살아도 바람(望)이 없는 욕심(慾心)은 무슨 의미가 있는가?
효율성과 속도의 강박증에 걸려버린 현대인에게 우회, 주저, 맴돌
기, 방랑은 시대의 착오요, 고속도로보다는 한적한 오솔길, 갈림길, 숨
을 곳을 선호하는 것 역시 시대의 반항처럼 보인다.

Desero sed satisfacio! '욕망한다. 그러나 나는 만족한다.'
걸으면서 삶을 사랑하는 지혜를 터득하며 내면의 행복에 다가설 일
이다.
그러니 세상의 모든 걸음꾼들의 뒤꿈치를 응원할 일이다.

2
사부족(族),
걷기는 어떻게 교양이 되는가

교양이란 '학문, 지식, 사회생활을 바탕으로 이뤄지는 품위, 또는 문화에 대한 폭넓은 지식'이다. 이러한 교양은 외부에서 주어진 일련의 매체들을 통해서—고전(古典)부터 시작해서 음악 교육까지— 지금의 상태를 반성하도록 유도하는 교육으로 또 다른 진리와 방법을 통한 지식의 형성과정이다.

그래서 독일어로 교양을 뜻하는 Bildung이란 말은 '형성'이란 뜻을 가지는 라틴어 formatio에서 유래한다.

결국 교양이란 단순하게 지식을 습득하는 수준에 그치지 않고 다양한 지식과 경험을 통해 정신적인 면을 개발하고 발전시켜 한 사람의 인간으로서의 완전한 인격을 갖추도록 하는 일종의 매너(manner)이자 에티켓(etiquette), 배려(consideration)라고 할 수 있다.

옛 고전이나 경전에서 몸가짐이 마음가짐 못지않게 중요한 비중을 차지했다.

어린 아동들을 교화(敎化)시킬 목적으로 일상생활의 자잘한 예의범절과 수양을 위한 격언과 충신, 효자의 사적을 모아 편찬한『소학(小學)』의 〈제자직(弟子職)〉에는 "스승이 베풀어 가르치면 제자는 이것을 본받아서 부드럽고 공손한 몸가짐으로 받아들여야 하고, 스스로 더욱 몸가짐을 겸허하게 하여 배운 것을 지극하게 하도록 해야 한다"고 가르치고 있다.

또한 "행동은 반드시 바르고 곧아야 하며, 노는 곳과 거처가 안온한 곳이어야 하며 반드시 덕이 있는 사람을 찾아야 한다"고 강조한 뒤

> 아침에 가르침을 받아 지식을 더하고 저녁에 그것을 익히며
> 작은 것에도 정성(공경)을 다해야 할 것이니
> 이처럼(此) 한결같이 게을리하지(懈) 않는 것,
> 이것을 일러(謂) '배우는 방법(學則)'이라 한다.
> 　朝益暮習 小心翼翼 一此不懈 是謂學則
> 　(조익모습 소심익익 일차불해 시위학칙).

『사소절(士小節)』이란 수양에 관한 글이 있다. 조선 후기 실학자 이덕무(李德懋)가 1775년(영조 51)에 일상생활에서의 예절과 수신에 관하여 저술한 일종의 예의 규범서다. 어눌한 말에도 독서를 좋아해 책만 바라보는 바보라는 뜻으로 그는 '간서치(看書痴)'라는 호(號)로 불렸는데 '오직 책 보는 것을 즐거움으로 삼아, 추위도 더위도 배고픔도 전

혀 알지 못했다' 할 정도로 독서광이었다.

주자학의 관념유희(觀念遊戲)를 배격하고 현실적 교육을 중시한 그는 책머리인 서(序)에 이르기를 주자학의 관념유희를 배격하고 보다 현실적인 교육을 주장하였는데 『서경』·『상서(尙書)』·『논어』·『소학』 등에서 공통적으로 제시한 "소절(小節)을 닦아야 대절(大節)을 보고 대의를 실천할 수 있다"고 글 쓰는 배경을 소개하고 있다. 걸음걸이 하나에도 새삼 교양과 지혜가 돋보인다.

> 큰길을 걸어갈 때는 반드시 길가를 따라가야지, 한가운데로 걷다가 수레나 말을 피하지 말라. 빨리 걷지도 말고, 너무 느려도 안 된다. 좌우를 힐끗거리지도 말고, 머리를 위아래로 까불지도 말라. 해가 이른지 늦은지를 살펴서 빠르고 느린 것을 가늠해야 한다.

길섶에 서서 정갈한 자세로 걸어가는 모습이 상상된다.
그중에 집안사람 복초(宗人復初) 이종석(李光錫)이 길을 걷는 묘사도 디테일하다.

> 길을 갈 때 그림자를 밟지 않았다. 아침나절에는 길 왼쪽으로 갔고, 저녁에는 길 오른편으로 갔다. 갈 때는 반드시 두 손을 공손히 맞잡고 척추를 곧추세웠다. 일찍이 그와 함께 30, 40리를 가는데, 자세히 보니 조금도 흐트러짐이 없었다.
> 宗人復初 行不履影, 朝日卽行路左 夕日卽行路右, 行必拱手直脊,
> 嘗與之同行三四十里, 諦視之, 無少改焉.

이에 그림자를 밟지 않고 걸었다 하여 '행불리영(行不履影)'이란 말이 나왔다. 이는 동양의 유가사상에서 걷기는 '홀로 걸을 때 그림자에 부끄럼이 없어야 한다'는 '행불괴영(行不愧影)'과 맥을 같이한다.

이 말은 고대 중국의 『宋史(송사)』에서 유래하는데 '홀로 걸을 때에는 그림자에게도 부끄럽지 않게 하고(獨行不愧影, 독행불괴영)' '홀로 잘 때에는 이불에도 부끄럽지 않게 해야 한다(獨寢不愧衾, 독침불괴금)'의 가르침이기도 하다.

옛 성현들은 의관과 띠를 단정히 하고 앉아 있는 자세, 관대이좌(冠帶而坐)를 추천하고 이 같은 전통은 오늘날 정장이나 스포츠의 유니폼에서도 잘 드러난다.

나는 걸을 때면 '사부족(族)'이 되고자 노력한다.

사부족이란 별로 힘들이지 않고 계속 가볍게 행동하다는 뜻의 우리말 '사부작'에서 유래했다. 그래서 사부작사부작 걷는 것은 요란하지 않으면서 음미하게 걷는 걸음걸이다. 사부족의 걷기는 전투도, 에너지도, 노르딕도, 운동도 아니다. 스승의 그림자도 밟지 않았다는 제자들처럼, 인생의 사부(師父) 앞에서 걷는다고 생각해 보라.

한쪽 발에는 생각을 딛고 사부작! 다른 발에는 작은 다짐을 실어 사부작!

왼발 오른발, 왼발 오른발 숨 쉬듯 기도하듯, 독백하듯 걸으면 길 위의 고독한 사부족, 도보족이 되는 거다!

3
하루 걷기가
리추얼이 되는 이유

웬만한 성인은 물론 이제 막 걸음마를 뗀 어린아이도 매일 걷는다.

한 걷기 플랫폼 운영사에서 서울 시민의 걷기실천율(2020년)을 조사했더니 평균 52.3%였으며 주간 평균 걸음 수는 3만 4,292보, 일평균 4,898보였다. 코로나가 유행하던 2021년 또 다른 건강관리 앱이 분석한 하루 평균 걸음 수를 보면 30대는 6,290보, 40대 6,688보, 50대 7,092보, 60대 7,675보로 나타났다.

최근 한 보험사의 상품 고객들을 상대로 보행·주행 데이터 분석 결과에 따르면(한국경제신문, 2023.3.12.) 이용자의 평균 걸음 수가 가장 높은 요일은 목요일(8,040보)이었고 이어 수요일(7,960보), 금요일(7,905보), 화요일(7,766보), 월요일(7,524보), 토요일(6,905보), 일요일(6,053보)

Ⅰ. 호모비아토르

순서였다. 연령대별 하루 평균 걸음 수는 20대(6,482보), 30대(6,851보), 40대(7,191보), 50대(7,868보), 60대(8,555보), 70대 이상(8,608보)으로 집계됐다. 젊은 층들이 차량을 많이 이용하는 반면 노년층의 경우 건강에 관심도 많고, 은퇴 이후 걷기 운동을 할 시간적 여유도 많기 때문이다.

나 역시 매일 걷는다. 한동안 하루 1만 걸음은 꼭 걷고 한 달에 첫째 주 토요일은 '초토회'라 하여 몸이 녹초가 될 정도로 15km, 4만 보 안팎을 걸었다. 최근에는 하루 8천 보로 세팅했다.

각종 문명의 이기가 발달한 시대에 1만 보를 걷는다는 것은 어찌 보면 미련한 행동처럼 보인다. 속도에 역행하는 반문명적 동작이기 때문이다.

분초를 다투는 현대인들이 아날로그적 몸짓으로 하루도 빠지지 않고 1만 보 안팎을 걷게 된 이유는 무엇인가?

첫째, 걷기만큼 큰돈 들이지 않고 하는 건강운동법이 없기 때문이다.

편안한 옷차림에 적당한 신발 그리고 가벼운 휴대품을 한곳에 담을 수 있는 작은 배낭 정도면 충분하다. 매일 운동 덕에 요즘 옷 수선하는 곳에서 바지 줄이는 횟수가 눈에 띄게 늘었고, 10년 전 구입한 양복도 충분히 소화해 내고 있다.

교통체증으로 길에다 쏟는 시간 대신 대중교통을 이용하다 보니 주중에 자동차를 운행하는 횟수는 거의 없다. 걷기가 가져다준 가장 큰 일상의 변화다.

거기에다 적당한 도전 의지도 생긴다.

하루 1만 보를 목표로 했을 경우 1만 보 거리는 평균 8km여서 한 달은 350여km에 달하고 1년이면 4,000km로 지구 둘레의 10분의 1 거리로 '티끌 모아 태산'이라는 말을 실감하게 된다.

둘째, 스마트폰에 내장된 걷기 애플리케이션(application)에 스마트워치의 도전적 목표량에 체크 감시 때문이다.

텔레비전이 고정된 기구라면 스마트폰은 이동하기 편리한 휴대품이고 TV에 비해 몇 배나 많은 콘텐츠를 담고 있기 때문에 중독성이나 열독성이 더 강함에도 불구하고 스마트폰이 걷기를 부추기는 까닭은 단 하나, 거기에는 걷는 양을 측정하는 기록장치가 있기 때문이다. 최근에는 각종 걷기뿐만 아니라 식단, 스트레스, 폐활량까지 측정하는 첨단 스마트워치가 보급되어 주마가편이다.

측정할 수 있는 것은 달성할 수 있고 달성할 수 있는 기록은 반드시 깨지게 마련이다. 그래서 기록은 목표 달성을 위한 증명이고 증명은 또 다른 목표를 설정하는 열정이기도 하다. 흔히 목표 달성을 위한 'SMART 원칙'으로 좋은 목표란 구체적이고(Specific), 측정 가능하며(Measurable), 행동 지향적이고(Action-oriented), 현실적이며(Realistic), 적시성이 있어야(Timely) 한다고 한다.

셋째, 누군가에게 빚을 지고 있다는 생각 때문이다.

어느 봄날, 새벽기도가 끝나고 아파트 근처 개천 길을 걷고 있을 때 바로 다리 밑에서 운동하는 사람이 있었다. 휠체어 탄 사람이었다.

조심스럽게 몸을 일으킨 그는 목발에 힘겹게 몸을 의지하고 이내 불안한 몸짓으로 두 발을 힘겹게 내딛고 있었다. 순간 두 발로 자유자재로 걷는 내가 얼마나 큰 행운을 누리고 있는가를 생각해 봤다.

그런 내게 2021년 새해 첫 달, 고향 어귀의 아름다운 '분홍나루'라는 고혹스러운 장소에서 환상적인 일몰을 구경하고 스마트폰에 촬영하다가 일어나지 못하고 그만 응급차에 실려 병원 신세를 졌다. 갑자기 일어서는 순간 배 속의 작은 혈관이 터져 이미 몸속을 흥건히 채우고 있었다. 읍내 병원에서 응급치료를 한 뒤 이튿날에도 나아질 기미가 없자 응급차에 실려 지방의 한 대학병원에 실려갔다. 거기서 정밀 촬영을 하고서 응급지혈을 한 뒤 터진 혈관을 싸맨 시술을 마쳤다.

1주일을 병상에서 지내다가 겨우 집으로 돌아왔는데 이제는 배 속에 고인 피가 엉겨 줄곧 토하는 일이 벌어졌다.

다시 서울의 한 대학병원에 입원하여 20일을 꼼짝없이 지내야만 했다.

양손에는 링거주사를 주렁주렁 달고 콧속에는 분비물을 빼내는 튜브를 꽂았다.

거치대에 의지해서 병실 한 바퀴를 겨우 돌고 이것도 거북하면 엘리베이터를 이용해 지하로 이동해서 힘겹게 걷는 것이 전부였다.

유일한 걷기의 기록은 약 냄새 진동하는 병실을 도는 것, 그것은 150보였다.

다시 회복되어 멀쩡하게 땅 위를 다시 걷는 엄청난 행운을 누리고 있다는 생각이 들자 갑자기 미안하다는 생각이 들었다. 힘겨운 발걸음 앞에 무례하게 걸어서는 안 되지만 그렇다고 주저앉아 있을 수는 없지 않은가? 당연한 것들로부터 한 걸음 물러나 주변을 좀 더 살피면서 걷는다면 조금은 미안해하지 않을 것이라는 생각이 들었다.

넷째, 걷기야말로 길 위의 최고의 묵상이기 때문이다.

발단은 성경 창세기에 등장하는 이삭이었다. 이삭은 믿음의 조상이라 불리는 아브라함이 백 세, 어머니 사라가 구십 세가 되었을 때 태어난 아들이다. 하나님께서 처음 이들 부부에게 아들을 주시겠다고 하시자 늙은 아브라함과 여성의 생리가 끊어진 사라는 어이없어하는 듯 '웃었다.' 하나님은 늙은 사라와 노경의 아브라함이 아들을 낳자 그의 이름을 웃음의 뜻을 담은 '이삭'이라 지어줬다.

어머니 사라는 노경에 얻은 아들을 끔찍이 사랑한 것 같다.

한번은 아브라함의 첩 하갈에서 난 배다른 형 이스마엘이 이삭을 놀리고 괴롭히자 그들 모자를 냉정하게 내쫓기까지 한다. 그런 어머니가 백이십칠 세에 세상을 뜨자 37살 아들의 슬픔은 누구보다도 깊게 애통했을 것이다.

그런 아들을 위해 아버지는 믿을 만한 종 엘리에셀로 하여금 멀리 메소포타미아 지역으로 가서 이방인이 아닌 자기 족속들 가운데서 아들 신붓감을 택해 오라는 심부름을 시킨다. 어머니를 잃은 이삭에게는 누구보다도 '위로'가 필요했다.

　　　　　　　　　　　　　I . 호모비아토르

'위로'의 히브리 원어는 '나함'인데 이는 실제로 힘이나 견딜 능력을 준다는 뜻이다. 위로 가운데 사랑만큼 큰 힘이 있을까?

한자로 '도(道)'는 '길'이나 '이치'라는 뜻이다. '道'라는 글자를 파자 (破字)하면 '辶'(쉬엄쉬엄 갈 착) 자와 '首'(머리 수) 자가 결합한 모습이다. 그래서 길(道) 위에서는 모름지기 발걸음에 생각(首)을 담아야 한다. 여기에 '寸'(마디 촌) 자를 떠받치니 '인도하다'라는 의미의 '導'(이끌 도)가 되는 것이다.

구도자들에게나 일반인에게도 길을 걸으며 인생의 의미와 우주의 비밀을 발견하는 기쁨을 맛볼 수 있다면 길은 내면의 소리를 경청하는 공간이자 또 다른 나를 찾는 발견의 장소이기도 하다.

4
호모비아토르(Homo Viator)

코로나 팬데믹은 세상을 멈추게 했다.

사람이 사람을 공포스럽게 여기니 각자도생(各自圖生)에 재택근무에 비대면 온라인 대세가 되었다.

그럼에도 불구하고 걷기는 코로나의 도전장이자 탈출구이기도 했다.

가장 원시적인 걷기에서 방역 건강, 마케팅, 힐링과 구도 영성의 줄기를 더듬었다. 그것은 인간 존재에 대한 근원적인 속성, 생존의 대안이기도 했다.

호모비아토르(Homo Viator)!

이는 "길 가는 사람", "명령 전달자", "사자(使者)"를 뜻하는 "Viator"에서 유래한 것으로 걷는 인간을 뜻하는 또 하나의 인류 속성이다.

인류의 진화 과정에서 발전한 인간의 학명에는 '호모'라는 접두어를 즐겨 쓴다.

본래 'homo'는 그리스어의 '닮았다' 또는 '같은'이라는 뜻의 접두어다. 동성애(homosexuality)나 동형접합자(homozygote), 동형배우자(homogamete) 등에서 보듯이 동일한 구조나 기능을 내포하고 있어서 'hetero'와 대비되는 말로 쓰여 왔다.

그런데 '호모(homo)'가 인간의 한 특성을 대표하는 인류학적 의미로 더 쓰이고 있다. 원시적 영장류의 인간이 추상적인 사유와 언어, 이성적 판단을 하게 되면서 인류인 호모사피엔스(Homo Sapiens)로 진화된 것이다.

'인간 Human'이란 개념 속에는 '호모 속(屬, genus)에 속하는 동물'이 회자된다. 신지식인을 의미하는 '호모날리지언(Homo Knowledgian)', 언어적 특성의 '호모로쿠엔스(Homo Loquens)', 공부하는 인간을 의미하는 '호모아카데미쿠스(Homo Academicus)', 정치적 인간의 '호모폴리티쿠스(Homo Politicus)', 경제적 인간의 '호모에코노미쿠스(Homo Economicus)' 영적 인간의 '호모스피리투스(Homo Spiritus)', 스마트폰이 없으면 불안해하는 '호모스마트포니쿠스(Homo Smartphonicus)' 등이다.

특히 스포츠와 관련된 '호모루덴스(Homo Ludens)'는 '유희(遊戱)하는 인간'이란 뜻으로, 네덜란드의 문화인류역사학자 J. 하위징아가 저서 『호모루덴스-유희에서의 문화의 기원』에서 제창한 개념이다. 그는, 인류는 시간이 지남에 따라 '호모사피엔스(Homo Sapiens: 합리적 생각을 하는 사람)'에서 '호모파베르(Homo Faber: 물건을 만들어 내는 인간)'로 변모하고 진화했으며, 생각하기와 만들어 내기에서 한 발 더 나아가 제3의 기능에 주목하면서 '호모루덴스(Homo Ludens: 놀이하는 인간)'를 인류 지칭 새 용어로 등재시켰다.

재레드 다이아몬드에게 영감을 받았다는 이스라엘의 역사학자 유발 노아 하라리(Yuval Noah Harari)는 그리 머지않은 미래에 사피엔스 인류는 또 다른 인류와 경쟁하게 될지도 모른다고 암시했다. 아마 신적인 인간을 뜻하는 '호모데우스(Homo Deus)'가 아닐까.

인류 문화사적으로 보자면 네 발을 땅에 딛고 땅속을 쿵쿵거리는 유인원이나 다른 동물들에 비해, 두 발을 땅에 내딛는 호모에렉투스(Homo Erectus)들은 훨씬 다양한 볼거리와 여러 가지 소리를 들을 수 있게 되었다. 자유로워진 손은 새로운 도구를 발명할 수 있게 했고, 그에 따라 인간의 삶은 전례 없이 발전하게 되었다.

훨씬 다양하고 촘촘하게 작동하는 두뇌 덕분에 과학은 발전하였고 각종 편리한 문명의 이기들로 인해 인간의 형태는 두 가지로 나뉘었다. '걸어야 하는 자'와 '걷지 않아도 되는 자'이다. 걸을 수밖에 없는 사람들에게 '걷기'는 가장 원시적이고 때로는 궁색함의 표상이다. 그러나 자동차를 타도 되는, 이른바 유한계급이 걷기를 택한다면 그것은 일종의 여유로운 낭만 가객이거나 혹은 자동차 무게만큼 무거운 삶의 고뇌와 씨름하고 있는지 모른다.

하지만 전혀 다른 부류의 사람들도 있다. 먼 곳으로 순례를 떠나 이상스럽고 특이한 이야기, 에로틱한 모험담, 위험했던 사건들에 관한 이야기를 가득 안고 다시 집으로 돌아오는 여행자를 기억해 보라. 걷

Ⅰ. 호모비아토르

기가 태만하게 도시를 누비고 관조하면서 군중 속에서 익명으로 존재하는 플라뇌르(flaneur)였다면 사색의 공유방식, 나아가 순례의 여정으로 확장하는 데는 철학적 몽상가(philosopher)들과 구도자(seeker of truth)들의 공헌이 컸다. 루소를 비롯한 칸트, 니체, 워즈워스 등은 더는 사교계와 비평가들의 시선에 흔들리지 않고 종일 걸으면서 문화와 교육, 예술 속의 자연인 '호모비아토르'가 되려고 애썼다. 오늘날 호모비아토르는 더 많은 시간적 여유로 더 많은 사색을 할 수 있음에도 실상은 정반대다.

그래서 걸음 꾼들은 때로 발꿈치로 벽을 뛰어넘는 도전자이기에 그 이름과 방법도 다양하다.

Frontier, Pioneer, Trailblazer, Navigator, Pathfinder 등. 소요하다, 가만가만 다가들다, 산책하다, 배회하다, ….

걷기(walking)라는 영어단어도 행진(marching)의 어원이 병사들의 활보에서 보듯 '마구 짓밟다'라는 자못 의미심장한 의미라면 '산책하다(saunter)'는 자기성찰적인 걷기를 의미하여 '명상하다'는 의미에 가깝다.

천천히 한가롭게 움직이는 의미의 'amble'은 라틴어 '가다'를 뜻하고 'solvitur ambulando' 하면 '풀린다', '해결하다'의 의미로 풀이되니 걸으면 풀린다(it is solved by walking: the problem can be solved by a practical demonstration)는 의미로 널리 쓰이고 있다.

그리스어로 '페리파테인(peripatein)'은 산책한다는 뜻이다. 산책하면서 스승의 가르침을 듣던 제자들을 페리파토스 철학자라고 부른다. 페리파토스 철학자들은 걸으면서 생각하고 걸으면서 사유했던 사람들이었다. 그래서 아리스토텔레스의 철학을 소요철학(逍遙哲學, peripatetisme)이라고 부른다. 사유하며 걷기가 아리스토텔레스와 그 제자들에게만 허용된 고유 형태는 아니었지만, 이들은 직립인간으로서 호모에렉투스의 도보 본능을 학문과 철학으로 순화한 선구자, 호모비아토르임에는 틀림없다.

그런데 유심히 더듬어보면 도전자, 개척자, 선구자들은 모두 차로다 모였다. Explorer(탐험자), Range Rover(산악 유랑자), Navigator(항해자), Ascender(올라가는 사람), Mountaineer(등반가), Mariner(항해자), Trailblazer(개척자), Outlander(외래자), Pathfinder(개척자), Highlander(고지에 사는 사람) 등등….

비포장도로를 거침없이 갈 수 있는 '개척자' 또는 '프런티어' 면모를 유감없이 발휘해 줘야 한다는 뜻에서일 것이다.

순전히 걷기 차원에서 우리나라만큼 좋은 입지적 조건을 가진 곳도 드물다.

서울을 둘러봐도 배산임수(背山臨水)에다 녹지도 상대적으로 많은 편이며, 도심 한복판에 강폭이 넓은 한강을 본류로 하여 중랑천, 청계천, 홍제천, 양재천, 정릉천 등의 강줄기와 북한산, 관악산, 도봉산, 수락산, 불암산 등 산줄기와 연결되는 길들은 마치 도심의 허파와 핏줄

Ⅰ. 호모비아토르

처럼 연결되어 있다. 교통의 상징이 되었던 광화문광장과 청계고가,
서울역고가도 생태환경의 걷기공원으로 탈바꿈했다.

동해안 해파랑길, 서해의 서파랑길, 남해 리아시스식 해안의 남파랑
길은 물론이고 강마다, 산마다, 골짜기마다 물안개길, 자드락길, 올레
길, 운탄고도, 절로절로, 산막이길, 보부상길, 도성옛길 등등 사방천지
가 길이다.

우주로 가는 꿈을 키운 사람 가운데 아마존의 창업자인 제프 베이
조스는 단연 몇 손가락 안에 드는 모험가다. 베이조스는 2000년 미국
워싱턴주 시애틀의 황량한 들판 위에 '블루오리진'이라는 우주 회사를
세운 후 차근차근 우주를 향한 꿈을 실현해 나가고 있다. 슬로건도 꼼
꼼하고 탄탄하며 도전적이다.

그라디팀 페로키테르(Graditim Ferociter)!

'한 걸음씩 용감하게'라는 뜻을 가진 라틴어다. 베이조스는 말한다.

우리는 끈기 있게 한 걸음씩 전진한다. 작은 발걸음이라도 더 자주 내딛
다 보면 우주는 우리에게 조금씩 더 가까워질 것이다.

공교롭게도 옛 중국의 노자도 『도덕경』 64장에서 이렇게 말한다.

合抱之木(합포지목)   아름드리 커다란 나무도

生於毫末(생어호말)	털끝 같은 작은 싹에서 나오고	
九層之臺(구층지대)	구층 높은 토성도	
起於累土(기어루토)	한 줌 흙으로 쌓여 올라가고	
千里之行(천리지행)	천 리 먼 길도	
始於足下(시어족하)	한 걸음부터 시작된다.	

호모비아토르(Homo Viator)!

아름드리 거목이 작은 싹에서 나오듯 천 리 먼 길도 발끝 한 걸음부터 시작된다.

인간은 태어나자마자 누워 있다가 네 지체를 이용해서 움직이며 두 다리로 걷는다. 그리고 어느 날 지팡이나 실버 카를 이용해 걷다가 임종 시에는 성경에 족장들의 죽음이 그렇듯이 두 다리를 가지런히 모은다.

지나온 날들을 세어보아라. 어디에 있었던가? 인생의 여정을 걸어왔다. 남은 날들을 또한 세어보아라. 어디에 있을 것인가? 인생의 어느 길을 또한 걸을 것이다. 하늘의 뭇별같이, 바다의 모래알처럼 수많은 사람과 수억의 시간 속의 일점에서 나는 또 무엇을 할 수 있을까? 잘 걸어가면 된다. 때로는 우아하게 가끔은 총총대며! 어지러운 흔적도 말고 눈에 띄는 족적도 말고 그냥 사부작사부작 걸어갈 일이다. 그런데도 걷지 않는 이유가 많은 것은 무엇 때문인가? 편한 신발에 가벼운 행장으로 한 걸음 한 걸음씩, 담대하게(Step by Step, Ferociously).

II

걸음 수
채우기

구인공구일궤(九仞功虧一簣).
중국 고전 『서경(書經)』에 아홉 길(구인, 81척) 높은 산을 쌓는 데 흙 한 삼태기가 모자라서 지금까지 애쓴 일이 실패로 끝나버리는 안타까움을 빗대는 말이다.

위산구인(爲山九仞).
여기서 仞은 길 인, 길이 단위로 1인이 8척이다. 1척은 한 치의 열 배로 약 30.3cm에 해당하니 1인은 대략 243cm, 따라서 구인은 2,187cm, 20미터가 넘는다. 작은 아파트를 다 만들어 놓고도 막판 한 삼태기의 흙이 부족해서 흉물로 되는 것. 구인(九仞), 아홉 길은 흡사 인생을 닮았다.

행백리자반어구십(行百里者半於九十).
진나라 때 한 신하도 무왕(武王)이 자만심에 빠지게 되자 백 리를 가는 사람에게 절반은 오십 리가 아니라 구십 리라며 나머지 십 리에 최선을 다해야 한다고 조언했다. 20km 남짓 걷는 날이라도 며칠 전부터 작정하고 연습하지 않는다. 10리든지 50리든지 꾸준히 그리고 즐거이 걸어야 한다.

1

조보도석사편의!
(朝步道夕事便宜)

조문도석사가의(朝聞道夕死可矣).

　아침에 도를 들으니 저녁에 죽어도 좋다.

『논어』에 오는 말이다. 하지만 걸음꾼들에게 이 말은 조금 바꿔 써도 좋을 듯하다.

조보도석사편의(朝步道夕事便宜)!

　아침에 길을 걸으면 저녁의 일들이 편하다.

　생전에 아버지는 논농사를 많이 지으셨다. 대개 천수답이 많은 고향이었으나 우리 집의 경우, 둠벙(물웅덩이)이나 냇가 가까이 물 대기에 편한 데 논들이 있었다. 논 이름을 '참샘 논', '다리 논', '냇가 논' 등이라고 불렀고, 웬만한 가뭄에도 논의 물 걱정을 하지 않아도 될 정도였다.

아버지 나이 일곱 살에 할아버지가 돌아가시자, 첫째 형과 둘째 형은 공부한다고 객지로 떠나고, 어린 아버지는 하는 수 없이 할머니를 도와서 농사일을 도맡아 하는 처지였다. 척박한 천수답이 대부분이어서 한여름철이면 허구한 날 메마른 논마다 물을 대야 했다. 어린 나이에 고단한 노동이었다. 그 무렵부터 아버지는 반드시 샘가나 연못 가까운 곳의 논을 사겠다고 결심했던 것이다.

지금도 고향을 떠올리면 아련한 기억이 있다. 추석에 모처럼 찾은 고향 집이었으나 새벽녘에 도착했음에도 아버지는 쉴 틈도 주지 않고 우리 가족을 논으로 내모셨다. 동틀 무렵까지 벼를 베야 했던 것이다. 아침 식사하기 전까지여서 그 시간이 그리 길지는 않았다.

사실 누런 나락이 꽉 들어찬 가을걷이를 앞두고 있는 아버지에게는 큰 일감이었고, 넓디넓은 논의 나락들은 언제 다 베나, 그러셨을 것이다. 그러니 오순도순 이야기를 나누고 싶으셨을 텐데, 고향 집에 도착하자마자 벼를 베게 했던 아버지, 이윽고 동이 트고 집에서 아침 식사를 마치면 다시 논으로 가야 했다.

그런데 새벽녘에 벼 베기를 한 분량이 제법이어서 그것을 바라보면서 흐뭇했다. 그 덕분에 본격적으로 벼를 벨라치면 더 열심히 벼를 베게 되었고, 그런 우리 모습을 대견스러워하던 아버지의 표정이 생각난다. 돌이켜보면 아버지 처사가 지혜로우셨으나 그때는 얼마나 서운했는지 모른다. 추석날이 돌아오면 가족의 의미를 다시 생각하게 했던 아버지의 지혜를 떠올리고, 벼베기 했던 고향의 논들을 추억하곤 한다.

가뿐한 기상, 미라클 모닝(Miracle Morning)은 하루 걷기에서도 매우 중요한 리추얼이다. 아침에 먹는 사과는 금 사과라고 하듯이 가벼운 걷기는 근육과 관절을 유연하게 풀어 주는 데 효과가 있다. 밤새 충분한 휴식에 새벽에 왕성하게 분비되는 아드레날린의 호르몬으로 한결 가벼워진 우리 몸은 아침 햇볕으로 면역력 향상에 도움이 되는 멜라토닌이라는 호르몬이 가세하면서 한결 거뜬해서 기분이 좋아진다. 거기에 공복 상태에 운동을 하면 지방이 잘 연소되기에 체지방량 감량에 효과가 있다.

나는 이를 '종자 걸음(Seed Walking)'이라고 부른다.

교세권(敎勢圈), 집에서 교회까지의 왕복 발걸음 수는 대략 800보 안팎!

글씨, 말씨, 마음씨처럼 800걸음은 하루 치 걸음 수를 채우는 마중물로 적은 발걸음 숫자지만 매우 소중한 종자 걸음이다.

새벽에 졸면서 걸음을 뿌리는 자는 저녁에 기쁨으로 그 양을 넉넉히 채우시리라!

하루를 '가뿐'하기 위해서는 자기만의 의식(Ritual)을 갖는 것도 필요하다.

마르쿠스 아우렐리우스도 기상이 개운하지 않았는지 그의 『명상록』에서 이렇게 교훈을 주고 있다.

아침에 일어나기 싫을 때는 '보람 있는 일을 하기 위해 일어나야 한다' 라고 생각하라. 보람된 일을 하기 위해 세상에 태어나 존재하고 있는데 어째서 불평을 하는가! 그렇지 않으면 따뜻한 이불 속에 편안히 누워 있기 위해 태어났다는 말인가? 물론 이불 속에 누워 있는 것이 훨씬 편안할 때도 있다. 그렇다면 쾌락만을 추구하기 위해 존재하고 그 밖에 아무 일도, 아무런 노력도 하지 않아도 된다는 말인가? 작은 식물이나 새, 개미, 거미, 꿀벌 등도 우주의 질서를 유지하기 위해 맡은 바 임무를 수행하며 바쁘게 움직인다. 그런데 그대는 인간으로서 당연히 해야 할 일을 그리고 본성이 요구하는 일을 왜 등한시하고 있다는 말인가?

스스로 가능성과 상상력을 자극하는 확신의 말을 되뇌는 것도 한 방법이다.

내면의 감정을 자극하는 글이나 슬로건을 반복하면서 진정 원하는 삶이 이뤄지기도 하기 때문이다. 자신이 꿈꾸는 이상적 모습을 향해 실제로 삶을 살아가는 것이야말로 인생의 모험이자 성공이다.

확신에 찬 말은 삶에서 일어날 구체적인 행위와 결과를 프로그래밍하면서 시각화한다는 점에서 일종의 직관의 시각화(Visualization)다. 자신이 원하는 목표를 작성하여 매일 소리 내어 읽게 하는 데일 카네기 방법이나 1987년 영화배우 짐 캐리가 1995년 추수감사절을 날짜로 1,000만 달러짜리 수표를 자기 앞으로 발행했다는 일화는 시각화의 한 방법인 것이다.

2

NEAT

'NEAT'란 Non Exercise Activity Thermogenesis의 줄임말로 우리 말로는, '비(非)운동성 활동성 에너지 소모'를 뜻한다. 의도적이고 계획적이고 구조화된 운동성 활동 열 발생(EAT)과는 달리 생활 속에서 이루어지는 앉기(sitting), 일어서기(standing)처럼 걷기(walking)도 생활화, 여유롭게 하는 것이다.

미국 메이요 클리닉의 제임스 레빈 박사는 건강을 위해서 운동시간을 따로 빼는 것보다 일상에서 자주 움직이는 습관을 갖는 것이 현실적이라고 조언하며 NEAT를 소개했다.

영국의 시인 겸 평론가 새뮤얼 존슨은 "하루에 3시간을 걸으면 7년 후에 지구를 한 바퀴 돌 수 있다"고 했다. 발끝에서 문장을 시작한 니체는 식사시간 전 10분을 활용하여 12권에 달하는 『영국사』를 읽었고 음유시인 롱펠로 또한 커피가 데워지기 전 10분을 활용해 단테의 『신곡』을 번역했다는 일화는 유명하다. 성공하는 사람들에게는 환경이나 기회도 중요하지만 가장 평범하고도 중요한 비결은 설정 목표를 향해 끈기 있게 꾸준히 해내려는 도전 정신이다.

그런 의미에서 걷기라는 단어는 'Walking'이 아닌 'Sauntering'이다.

'Saunter'는 '한가하고 느릿하게 걷다(to walk about in an idle or leisurely manner)'로 풀이된다. 파리지앵들 가운데 플라뇌르처럼 '어슬렁 어슬렁 한가로이 걷는다'는 뜻이니 돌격대, 파워워킹, 노르딕워킹, 빅스텝, 자이언트 스텝, 울트라 스텝, 점보 스텝은 금물이다.

헨리 데이비드 소로는 이 단어로 '걷는 행위'를 예술적으로 봤다.

이 단어의 어원을 'la sainte Terrer', 즉 '거룩한 땅인 예루살렘을 향해 가는 순례자' 혹은 프랑스어 표현 'sans terre', 즉 '집 없이 (떠도는 사람)'에서 찾았다. 그렇기에 만보기나 트레드 밀의 숫자와 싸우지 말아야 한다. 이러한 걷기는 자연스러운 인간의 본능으로 짬짬이 걷는 것이다.

바쁜 일상 속에서 직장인들이 점심시간에 짬을 내서 걷기 운동을 하는 사람들을 뜻하는 단어로 '워런치족'이라는 말이 있다. '걷기(Walking)'와 '점심(Lunch)'의 합성어로 걷기의 열풍이 확산함에 따라 점심시간을 이용해 걷는 직장인들을 가리킨다.

◈　출근하기

　미국 사회보장국(The United States Social Security Administration)의 자료에 따르면, 사회 초년생 100명을 무작위 추출하여 은퇴할 때까지 40년을 추적한 결과, 부자가 된 사람은 1명이고, 4명은 안정적인 위치에 올랐으며, 5명은 원하지 않지만 해야 할 일을 하고 있었다. 36명은 사망했고, 54명은 파산하여 주변 사람이나 정부에 의지해서 살고 있었다. 금전적으로 성공적인 삶은 5%에 불과했다.

　부자들의 정보 분석업체 웰스-X닷컴이 발표한 2015~2016년 억만장자 조사 결과에 따르면 순자산 규모 10억 달러 이상 억만장자는 2,473명이었다. 유산을 물려받아 부를 확장한 경우도 있었지만 전체 56%인 1,372명은 스스로의 힘으로 재산을 일궜다고 답했다. 평범함을 뛰어넘어 울트라 비범함을 보인 이들의 특징은 무엇인가? 탁월한 재능과 우호적인 환경 그리고 제대로 맞아떨어지는 행운도 큰 역할을 했겠지만, 이른바 남들이 평가하기에 성공적인 삶의 조건은 의외로 간단하게 추리할 수 있었다.

　그것은 Good을 넘어 Great를 향한 그들만의 DNA, 그것은 아마 어제보다 나은 오늘을 살기 위한 다짐과 실천이다. 일일신우일신(日日新又日新), 날마다 새로운 마음가짐과 각오로 하루를 산다면 선비가 사흘을 떨어져 있다가 다시 대할 때는 눈을 비비고 대하는 법(士別三日卽當刮目相對)이다.

2015년 유엔이 평균수명이 길어진 현실을 반영해 새 생애주기별 연령지표에 따르면, 0세부터 17세까지 미성년, 18~65세는 청년, 66~79세는 중년, 80~99세는 노년, 100세 이상은 장수 세대이다. 50세 운출생운(運出生運), '운동화 출근, 생활 속 운동'을 하는 직장인이라면 건강 나이는 50세×0.7, 즉 35세 청년이다.

한 온라인 구직 웹사이트에서 2016년 3월, 미국의 풀타임 근로자 3,031명을 대상으로 조사한 결과, 직장 근로자들은 교통비부터 의류 구입, 자녀 데이케어, 커피 및 간식 구입 등의 비용으로 월평균 276달러, 연평균 3,300달러를 지출하는 것으로 나타났다. 이 가운데 응답자의 84%가 자가 운전으로 통근하는 가운데 한 주에 유류비로 25달러 안팎을 지출하였고, 대중교통 이용자 역시 매주 25달러 이상 버스 · 지하철 등의 요금으로 지출한다고 답했다.

한편 미국 자동차협회(AAA)가 추산한 바에 따르면 자동차(중형)를 1년 평균 1만 5천 마일(약 2만 4천 킬로미터) 주행할 경우 연간 9,519달러(약 1,142만 원)가 들어가는 것으로 나타났다.

우리나라의 경우는 어떨까?

우리나라 자가용 소유자 10명 중 9명은 하루에 2시간 미만으로 차량을 이용하고 나머지 22시간은 세워 놓는 것으로 나타났다.

자동차의 날을 맞아 운전면허를 소지한 전국 성인남녀 1,200명을 대상으로 설문조사한 '2023 자가용 인식 조사' 결과(쏘카) 자가용 소유자 68%는 '일주일에 10시간 미만으로 차량을 이용'하고 있으며 '일주일에 15시간 이하로 차량을 이용'한다는 답변도 19.1%나 돼, 사실상 10명 중 9명은 하루에 자가용을 2시간도 이용하지 않고 90% 이상을 주차 공간에 세워두는 것으로 나타났다.

그 이유는 '자가용 소유로 교통체증이나 환경문제 등의 사회적 비용이 발생한다'고 생각하는 비중은 절반을 넘었다(59.8%).

연간으로 환산하면 자가용 1대당 약 400만 원 이상을 유지비용으로만 지출하는 것으로 나타났는데 통계청 발표에서 발표한 2022년 4분기 가계동향에 따르면 가구당 월평균 소비지출 구성비에서 교통비가 차지하는 비율은 11.5%로 나타났으며, 전년 동기 대비 8.6% 상승했다.

출퇴근처럼 밀물 같은 기세에 자가용으로 맞서는 것은 어리석은 일이다. 거기에 러시아워라면 기름을 안고 불꽃으로 돌진하는 것과 진배없다.

대중교통을 이용하면 상대적으로 비용을 절감할 수 있지만 문제는 10만 원대 운동화 가격이다. 그런데 유류비로 매달 30만 원 안팎을 꼬박꼬박 쓰는 대신 10만 원대 안팎의 신발 하나로 한 달이 아니라 1년 이상 사용할 수 있다면 기능성 스포츠화가 결코 비싼 값이 아니다. 걷기가 주는 건강상 이득 이외에 철학적 사색과 볼거리 풍경들을 생각한다면 비록 더딜지라도 이 점이 쏠쏠하다.

일터

일터는 삶의 또 다른 활동 공간이다. 칼뱅의 '직업소명론'을 굳이 원용하지 않더라도 '일하다(work)'라는 의미의 히브리어 동사 '아바드(abad)'는 '섬기다'와 '예배하다'는 뜻을 동시에 가지고 있다. 명사형 '에베드'는 '종, 노예, 일꾼'이라는 뜻과 아울러 '예배하는 자'라는 의미를 담고 있기에, 일은 그 자체가 삶 속에서 나타낼 수 있는 섬김과 봉사 그리고 예배의 한 방식인 것이다.

성공하는 사람들에게 나타나는 특징 가운데 하나는 일로서 승부한 다는 것이다.

열정과 꿈을 일로 표현하고 일을 통해 성취감과 사회적 인정을 받으려는 경향으로 인해, 자칫 일이 왕관이자 독이 될 수 있는 양날의 칼이 되고 만다.

일이 사람을 이끌어 가고, 일에 치여 살며, 일을 하지 않으면 불안해지는 것은 일중독(workaholic)이다. 일이 노동이 아니라 보람이나 성취가 될 때 즐겁기 마련이다. 일중독자(Workaholic)가 아닌 일이 즐거운 사람(Workafrolic)이어야 하는 것이다.

일을 즐기는 사람이 되기 위해서는 성취감을 맛보아야 한다. 스스로 주인이 되어 성취감을 맛보고 성취를 통해 동료나 윗사람으로부터 인정받게 될 때 일의 즐거움은 더 커진다. 그렇다면 일터가 낙원인가,

지옥인가?

그것을 좌우하는 가장 큰 요인은 두 가지다. 하나는 하는 일을 얼마나 보람으로 느끼느냐 하는 것이고, 다른 하나는 일터에서 만나는 사람들의 관계. 일의 보람은 사회적 평판이나 가치로 평가되기에 비록 사행성 사업을 하더라도 그 결실을 사회에 어떻게 환원하느냐에 따라 달라질 수 있다.

'비단 손'으로 하는 일도 있지만 누군가는 '피 묻은 손'으로 일을 한다. 그렇기에 직업에 귀천이 있는 것이 아니라 일하는 사람의 마음가짐이 소중하다. 목구멍이 포도청이라도 되는 양 어쩔 수 없이 출근하는 것은 당사자는 물론 회사에도 이롭지 못하다.

또 다른 하나는 일터에서의 관계다. 상사나 직장동료, 고객과의 관계가 꼬이면 아무리 꽃보직이라도 스트레스를 받기 마련이다. 특히 상사와의 관계에서 볼 때 리더십 연구 및 개발에 탁월한 혜안을 갖는 더와이즈먼그룹(THE WISEMAN GROUP)의 회장 리즈 와이즈먼(Liz Wiseman)에 따르면, 직장에 두 가지 스타일의 리더, 즉 멀티플라이어(Multipliers)와 디미니셔(Diminisher)가 존재한다.

멀티플라이어란, 구성원들의 능력을 최대로 끌어올려 팀과 조직의 생산성을 높이는 산소와 같은 리더인 데 반해 디미니셔는 지성과 능력, 의욕을 저하시키는 마이너스 리더다. 직장, 학교, 사회 등 우리 삶의 모든 곳에서 이들을 발견할 수 있는데 나 역시 한때 공교롭게 이런 상사를 동시에 만난 적이 있었다.

디미니셔와 자리를 마주하게 되는 월요일 회의시간을 생각하면 출근 전날부터 마음이 답답했다. 하지만 불편한 만남이 끝나면 으레 시간을 내어 산책길을 나섰다. 오전의 기분과는 달리 살랑거리는 나뭇잎을 바라보면서 그 길을 걷노라면 나도 모르게 마음이 편안해지곤 했다.

떡갈나무에서 내뿜는 향긋한 내음과 플라타너스 가로수 길 그리고 아스팔트 사이를 뚫고 나오는 여린 잡초들의 알싸한 냄새는 가히 일품이다.

낚시꾼들이 사용하는 용어 중에는 Photoperiod라는 말이 있다.

물고기들이 좋아하는 수초와 이끼의 생장 요건에는 빛의 영향이 결정적이기 때문에 하루 중 해가 떠 있는 시간을 포토피리어드라고 한다.

햇빛의 시간은 앵무새나 올빼미들에게도 민감하게 작용할 뿐만 아니라 식물에도 대단히 중요하다. 특별히 식물은 나팔꽃이나 콩잎의 기공개폐나 수면운동처럼 하루 동안 생체주기 특징을 나타내는데 이를 일주기성리듬(circadian rhythem)이라 한다.

계절성 우울증은 가을이나 겨울에 반복적인 우울삽화가 나타났다가 봄이나 여름이 되면 증상이 호전되는 질환이다. 뇌의 신경전달 물질인 세로토닌과 아드레날린, 도파민 등의 불균형이 주요 역할을 하는 것으로 알려져 있고 생체시계로 알려진 일주기성리듬(C.R.)이 계절 변화에 맞춰 적응하지 못하거나 불균형을 이룰 때 나타난다고 한다. 이러한 계절성 우울증을 예방하려면 충분한 수면과 건강식 이외도 정기적으로 밝은 햇볕을 쬐며 운동을 통해 신체 움직임을 활발하게 할 수 있는 걷기가 매우 좋다고 권장한다.

간혹가다가 며느리에게 주기도 아까운 햇볕을 쬐면서 얼굴과 팔뚝, 허벅지까지 무장하고 돌아다니는 사람들이 심심찮게 보이는데 이런 사람들은 골프장에서 우산 쓰고 라운딩하는 사람과 진배없다. 어느 비타민 전문의는 적어도 비타민D를 햇빛 가운데 충분히 흡수하려면 러닝에 반바지 차림으로 1시간 정도 두 팔을 벌리고 가수 송창식 씨의 노래 포즈로 서 있어야 한다고 한다.

피톤치드(Phytoncide), 식물을 의미하는 피톤(Phyton)과 살균력을 의미하는 치드(Cide)가 합성된 말에서 보듯 피톤치드는 숲속의 식물들이 만들어 내는 살균성을 가진 모든 물질을 통틀어 지칭하는 말로 숲속의 향내이다. 피톤치드의 효과는 바람이 살랑거리는 오전 중에 효과가 큰데, 이때 잠시나마 산책길을 걷는 것은 대단한 축복인 셈이다.

3

퇴근 후 삶(Thankful Night)

'라이밍(Liming)한다'는 말이 있다. 카리브해 사람들은 자신에게 주어진 일을 마친 후에 가족이나 친구들과 라임 할 수 있는 시간을 부여받는다고 믿으며 성장한다. 하루 일과가 끝나면 그들은 바로 그 순간부터 일에 대한 생각을 완전히 잊어버리며 즐긴다는 것이다.

유럽인들이 배 타고 신대륙에 도착했을 때 대부분 괴혈병에 걸려 죽어가는 상태였음에 반해 감귤류과 라임을 섭취한 이들은 생생했다는 데서 유래한다. 그렇다고 꼭 일이 괴혈병을 뜻하는 것이 아니다. 아스팔트를 짊어지듯 회사 일을 갖고 집안에 들어서지 말라는 것이다.

크레타섬 탄광마을에서 만난 희랍인 조르바의 독백이다.

앞날이 걱정된다고 했소? 난 어제 일은 어제로 끝내오. 내일 일을 미리 생각하지도 않소. 나에게 중요한 건 지금 이 순간에 일어나는 일뿐이오.

이것이 곧 저녁이 있는 삶이 되게 하는 것이다.

퇴근은 그런 시간이다.

고대 로마시대의 정치철학자 세네카(Lucius Annaeus Seneca)는 열심히 살아가는 사람에게 매일매일 하루는 'lucrum', 즉 예상치 못한 이윤(profit), 선물이라 말한다.

> Quisquis dixit 'vixi', cotidie ad lucrum surgi
>
> (퀴스퀴스 딕시트 '윅시', 코티디에 아드 루크룸 수르기트)

오늘날 현대인에게 퇴근 시간은 삶의 잉여 시간이 아니다. 하루의 덤이 아니다.

또 다른 일을 할 수도 있고, 자신의 건강을 다질 수 있으며, 부족하거나 앞으로 필요하게 될 분야에서 자기 계발을 할 수 있는 시간이다. 또한 가족과 함께 이벤트나 추억을 만들 수 있는 방해 받지 않는 시간이기도 하다.

저녁 운동은 운동 효율이 가장 높은 것으로 나타났다. 이는 부신피질 호르몬과 갑상선 자극 호르몬의 분비가 증가하여 신진대사와 신체의 각성도를 높이기 때문이다. 저녁 운동은 또한 뇌에서 멜라토닌과 성장호르몬 분비를 촉진하기 때문에 청소년들의 경우 긍정적 효과가 높고 성인들의 경우 저녁에는 혈압이 낮기 때문에 고혈압 환자들이 운동하기에 적합한 시간이다.

특별한 약속이 없는 한 나는 산책으로 하루 일과를 마감한다. 동네 근처 공원에 트레드밀(Treadmill)에 각종 달리기 기구도 있지만 가능한 한 사양한다.

가볍게 시작한 걷기가 주변 사람들과 견주다 보면 뛰다가 나중에는 달리게 된다.

이럴 경우 나는 기계의 숫자와 싸우거나 옆 사람과 싸우든가 둘 중의 하나와 경쟁게임을 하고 있다. 물론 유산소 운동의 탁월한 효과는 있겠지만 나의 걷기 운동은 생각의 한 도구이지 경쟁이 아니다. 이럴 경우 걸음 수는 최소 4,000보. 이 무렵 목표치는 훌륭하게 달성되었다는 신호가 들어왔음은 물론이다.

● **미네르바, 별밤 걷기**

해거름은 석양이라고 하기에 이슥하고, 밤이라고 부르기에 너무 이른 시간, 예서 제서 모인 사람들 무리는 몸은 제각각 홀로 되어 함께 걷는다. '별밤 걷기' 단지 걸을 뿐인데 왜 이리 특별한 느낌일까?

'미네르바 올빼미(Minerva's Owl)'라는 말이 있다.

미네르바는 본래 고대 로마 신화에 나오는 지혜의 여신으로 그리스 신화에선 아테네(Athene)라고도 부른다.

여신은 황혼 녘 산책을 즐기면서 그때마다 부엉이를 데리고 다닌 다고 한다. 정신현상학으로 유명한 독일 철학자 헤겔(George Wilhelm Friedrich Hegel)은 이 장면을 놓치지 않았다. 그의 주저 『법철학 Grundlinien der Philosophie des Rechts』(1820) 서문에서 미네르바 애 완 올빼미를 언급했다.

Die Eule der Minerva beginnt erst mit

der einbrechenden Dämmerung ihren Flug
  미네르바의 올빼미는 어두움이 내리는 황혼 녘에 비로소 날개를 편다.

철학이나 정치, 경영, 스포츠도 부산하게 움직이는 현장이나 승부에 올인하는 경기장보다 모든 것이 정리된 후에 제대로 평가가 가능해진 다. 인공지능 알파고와 승부한 이세돌 기사는 비록 패한 대국이라도 반드시 복기(復棋)라는 것을 해야 한다고 했다. 보통 사람들은 진 경기 를 뒤돌아보지 않는다. 진 것도 화나는데 졌다는 것을 한 번 더 확인한 다는 것이 고통이기 때문이다.

그러나 챔피언은 다르다. 어떻게 졌는지 모르는 게 더 답답하다. 승 패란 언제든지 상대에 따라 달라지지만 진정한 실력은 자신이 가장 잘 알고 있기에 진 경기라고 할지라도 어떻게 졌는지 반드시 알아야 한다.

그렇기 때문에 복싱 선수들도 자신이 패한 경기를 녹화 테이프로 점검하고 메이저리그 투수들 역시 투구 하나하나를 점검하는 것이다. 그래야 다음 승부를 잘 준비할 수 있다.

아침부터 부산을 떨며 정신없이 지내는 하루도 황혼 녘에 가서야 지혜로운 평가가 가능해진다. 그것이 산책이라면 더 의미 있을 것이다. 고즈넉한 전원이라면 한 번쯤 청록파 시인이 되어도 좋다.

강나루 건너 밀밭 길을
구름에 달 가듯이 가는 나그네
길은 외줄기
남도 삼백 리
술 익는 마을마다 타는 저녁놀
구름에 달 가듯이 가는 나그네

그림자 벗을 삼아 걷는 방랑자(Vagabondo)들이란 서산에 해 지면 갈 길을 멈추고, 설움 많은 나그네들 또한 정한 곳이 없는 발걸음이기에 그 발걸음은 한이 없다. 그러나 현대판 도시의 미네르바들은 달라야 했다. 부엉이 대신 가벼운 백팩(Back Pack)을 뒤로하고 다리에 온몸을 내어 주면서 해 질 녘 만나기 좋은 전철 입구에 모인다.

이윽고 미리 골라 둔 도심 사이로 두어 시간 걷는 길은 때로 혼자만의 사색의 길이고 때론 함께 모여 속닥이는 요란한 잡담 시간이다. 밤공기 차가운 날 누군가 내놓은 커피는 한잔의 영양제로 충분하고, 편의점에서 방금 내놓은 막걸리 한잔은 걸릴 것 없는 사람들의 하루 고민 털기에는 안성맞춤이다.

어제와 내일의 불안한 접점, 낮과 밤의 숨 가쁜 교차로에서 우린 각자 묻어둔 비밀과 고민, 꿈과 현실의 의제들을 끄집어내어 가끔 옆 사람에게, 때로는 밤하늘의 별에게 이야기한다. 밤길을 걸으면 사람들 얼굴들이 적나라하게 드러나지 않아 좋다.

4
수면

후폼네마타(hupomnemata), 고대 그리스에서는 하루를 마감하며 자신의 행동을 간단히 기록하며 하루를 어떻게 보냈는지, 무엇을 잘했는지, 무엇을 더 잘할 수 있었는지 등을 생각했다. 후폼네마타는 그런 일기다.

그들은 하루가 끝나면 방으로 들어가 자기 영혼에게 물었다. 오늘 너는 너의 어떤 악습을 고쳤느냐? 어떤 악행과 싸웠느냐, 어떤 의미에서 더 나아졌느냐 등으로 자신의 하루 행동을 들여다보는 습관이야말로 가장 훌륭한 성찰이라고 봤다.

현대인에게 스마트폰은 잠자리에서도 필수품이다. 하루를 마감할 때 습관적으로 휴대폰의 배터리를 본다. 이러한 습관을 두고, 미국의 심리학자 윌리엄 제임스(William James)가 말했다.

우리 삶이 일정한 형태를 띠는 한 우리 삶은 습관 덩어리일 뿐이다.

2006년 듀크대학교 연구진(David T. Neal, Wendy Wood Jeffrey M. Quinn)이 발표한 논문에 의하면 우리가 매일 행하는 행동의 40%가 의사결정의 결과가 아니라 습관 때문이라고 한다. 스마트폰도 나도 하루 호흡을 멈추고 마감하는 시간은 새로운 충전의 시간이다.

이 시간에 나름대로 하루를 결산하는 나만의 의식을 치른다. 그 대표적인 것이 '감사일기'를 적는 것이다. 말이 일기이지 제목만 정리해도 훌륭하다. 시간이 흐른 뒤 문득 한 줄 한 줄 읽다 보면 소중한 나의 자취가 되곤 한다. 한데 요즘에는 밤에 쓰는 감사일기보다 아침에 일어나 미리 쓰는 감사 제목도 재미가 쏠쏠하다. 정해진 약속이나 반가운 만남들을 적다 보면 스스로 마음의 작정이 되기도 한다.

영혼의 치료자들은 하루 마감 시간은 자기 인식의 길이라고 했다.

하루 전체를 철저하게 되돌아보는 습관보다 뛰어난 것이 있을까? 자신을 알고서 잠들 때 얼마나 기쁜지. 영혼이 스스로 칭찬하거나 꾸짖을 때, 이렇게 은밀하게 스스로를 검토하고 비판하는 자가 그의 품행을 심문한다면, 그 후에 자는 잠은 얼마나 평화롭고 걱정 없고 깊을까?

— 세네카, 『분노 Ⅲ 36』

영국의 문호 셰익스피어는 잠의 신비에 멋진 비유를 했다.

좋은 잠은 자연이 인간에게 부여한 살뜰하고 그리운 간호사다.

하루 10,000보를 걷는 비결은 단순하다. 적어도 새벽 일찍 1,000 안팎을 걸었다면 절반을 성공한 셈이다. 하루 만 보 걷기 달성을 위한 구체적인 실천 사례다.

- 아침 식사 전(새벽기도, 산책 등)에 걷기 (1,000보)
- 가능한 한 대중교통을 이용하기 (2,000보)
- 자가용 이용할 때 최소한의 거리를 걷도록 주차하기 (500보)
- 결재나 보고, 회의 때 엘리베이터보다 계단을 이용하기 (1,000보)
- 점심시간을 활용하여 주변 걷기 (3,000보)
- 걷기에 자유로운 퇴근 시간 이후 귀갓길을 이용하기 (2,000보)
- 저녁 식사 후 가볍게 동네 한 바퀴 걷기 (3,000보)

잊지 말라.

모든 일이란 시작이 반이듯 눈 비비고 일어나 일터나 예배당으로 가는 길은 작은 보폭이지만 소중한 발걸음이다.

새벽녘 햇살을 맞이하는 자연의 생명력과 함께 천천히 아침 묵상을 하면서 걷기에 최적의 시간이다. 하루를 시작하는 처음 시간에 마음과 몸을 비운 상태에서 신선한 공기와 여명의 빛으로 생각과 육체를 양념하라.

III

욜드의
습관

폴 발레리(Paul Valéry).

프랑스의 시인, 사상가, 비평가로서 상징주의 운동에 참가했고
순수시를 제창, 실증적 인식법과 시적 직관에 의해 현대 문명
의 위기를 경고하는 평론을 쓴 예술원 회원이었다. 프랑스 남
부 지중해 연안의 세트라는 곳에 폴 발레리의 무덤이 있는데
그 유명한 해변의 묘지다. 〈해변의 묘지 Le Cimetière marin〉
란 그의 시 제목에서 땄다.

비둘기들이 거니는, 이 조용한 지붕이,
소나무들 사이, 무덤들 사이에서 요동치고,
정오 그곳에서 정의가 불길로부터 항상 새로 시작하는 바다,
…
바람이 분다! … 살아야겠다!
세찬 바람은 내 책을 여닫고,
파도는 분말로 바위에서
마구 솟구치나니!
날아라, 온통 눈부신 책장들이여!
부숴라, 파도여!
뛰노는 물살로 부숴버려라
삼각돛들이 모이 쪼던
이 조용한 지붕을!

- 폴 발레리, 〈해변의 묘지〉

1
필정시저(必整匙箸)

시저(匙箸)란 흔히 수저를 말하는 것으로 숟가락(匙)과 젓가락(箸)을 가리킨다. 전통적으로 제사상에 놓는 숟가락과 젓가락을 말하며, 한 쌍을 신위 수대로 놓는다.

조선의 영·정조 때 대문장가 이덕무가 어릴 적 수저 끝이 상 밖으로 들쑥날쑥하게 놓았더니 삼촌이 일장 훈계를 했다.

필정시저(必整匙箸)!*

식사를 준비하거나 마칠 때면 반드시 수저를 가지런히 놓아 손잡이 끝이 상 밖으로 나오지 않게 해야 한다며 그래야 상을 들일 때나 물릴 때 수저 끝부분이 문설주에 닿아 수저뿐 아니라 그릇까지 떨어지는

---

*　반드시 必, 가지런할 整, 숟가락 匙, 젓가락 箸.

　　　　　　　　　　　Ⅲ. 욜드의 습관

불상사를 막을 수 있다는 것이다.

밥과 반찬을 다 먹은 것으로 식사가 끝나는 것이 아니라 상을 물릴 때까지 염려해야 제대로 된 식사다. 고수들이 두는 바둑도 진정한 마무리는 대국의 현장이 아니라 승패의 원인을 따져보는 복기(復棋)까지다.

사건이 터지면 재발 방지를 위한 대책 마련에 부산을 떠나 여론이 잠잠하면 머리는 물론 몸통, 심지어는 꼬리까지 어물쩍 넘어가는 용두사미(龍頭蛇尾) 행태가 많다.

수저를 가지런히 놓는다는 것은 시작처럼 끝도 정갈해야 한다는 시종여일(始終如一)의 자세다.

삶도 마찬가지다. 흙수저든 금수저든 시시때때로 굴곡진 길을 만나게 된다.

1265년 이태리 피렌체에서 태어난 단테는 9살이 되었을 때 운명의 베아트리체를 만나고 절정기 1300년에는 피렌체 공화정을 통치하는 행정수장(Priore)직까지 오른다.

하지만 반대당(흑당)의 책략에 말려 추방되어 길고 긴 망명 생활로 생을 마감한다.

단테『신곡』의 서막에는 그의 자족적 신세를 한탄하는 듯한 독백이 나온다.

Nel mezzo del cammin di nostra vita
우리 인생의 중반에서
mi ritrovai per una selva oscura

나 올바른 길을 잃고

che la diritta via era smarrita

어두운 숲속을 헤맸었네

추방 이후 개인적으로 불행한 시기였으나 『신곡』은 인류사적으로는 성경 다음으로 읽히는 인류사의 문학적 보고가 되었다.

당나라 시성 두보(杜甫)에게 유종(有終)을 강조한 멋진 권면이 있다.

그가 지금의 쓰촨성(四川省) 동쪽 기주라는 오지에 있을 때 친구의 아들인 소혜(蘇徯)라는 젊은이가 유배되어 실의에 찬 나날을 보내고 있을 때 '군불견간소혜(君不見簡蘇徯)'라는 시 한 수를 지어 전했다. '소혜, 그대는 보지 못하는가!'쯤 되는 시에서 '장부개관사시정(丈夫蓋棺事始定)'이라고 한 것이 그것이다. 사내대장부 일이란 관 뚜껑을 덮어야만 결정되는 것이니 실의에 빠져 원망하지 말라는 것이다.

오랜 시간을 직장에서 근무하다 은퇴한 사람들을 보면 흡사 밤하늘의 별을 보는 것 같다. 위성, 행성, 항성, 유성, 소행성, 혹성, 혜성, 신성, 인공위성 등으로 이 가운데는 전관을 빙빙 도는 인공위성들이 많다. 이들을 '예우'라는 이름으로 앉히는 사슬도 대단하다. 나는 무슨 별이고 너는 어느 별에서 왔느냐는 물음에 당당하지 못한 순간 "꼰대"요 "라떼"요 "인공위성"이다.

우리는 오랜 시간을 직장에서 근무하다 은퇴하게 된다.

은퇴는 새로운 시작이다.

아름다운 삶은 그 답은 의외로 성경 속 〈시편〉 제1장에 잘 나타나 있다. "복 있는 사람은 악인들의 꾀를 따르지 아니하며, 죄인들의 길에 서지 아니하며, 오만한 자들의 자리에 앉지 아니하고, 오직 여호와의 율법을 즐거워하여 그의 율법을 주야로 묵상"하는 사람으로 "하는 모든 일이 다 형통하다"고 했으니 말이다.

한때 골프황제로 불린 우즈는 "골프엔 두 상대가 있다. 자기 자신과 골프 코스다. 이 둘에 승리하면 잘 되는 것이다"라고 했다. 어떤 코스에 들어서면 갈등하게 된다.

잘 맞으면 온 그린 하지만 잘못하면 대량 실점 하기 십상이다.

이때 아쉽지만 현명한 비책은 돌아가는 것이다. 코스설계자의 보이지 않는 힘과 싸우지 말고 한풀 죽이는 것이 결국은 승리하는 것이다.

조직이나 기관에 맞짱 뜨려면 자신의 실력과 기량을 셈한 뒤 판단하라.

자신과의 싸움에 무너지면 페이스를 잃게 된다. 타이거 우즈 이름을 딴 '타이거의 10야드 규칙'이 있다.

미스 샷이나 환상의 샷에 대해 화내거나 우쭐하지 말고 10야드, 100m를 지나치는 순간 잊는 것이다.

은퇴의 순간에도 되새겨볼 말이다. 화려했던 시절, 암울했던 기억도 다 지우고 새로운 단계에서 새롭게 출발하는 것이다. 이렇게 하는 순간에 '라떼터널'도 빠져나올 수 있다. "끝"이라고 생각되는 순간들이 있다. 하지만 "끝날 때까지 끝난 게 아니다(It ain't over till it's over)."

그러니 겸손한 가운데 초심으로 무소 같은 기상으로 황소처럼 우보

천리(牛步千里) 하는 거다. "끝이 좋으면 만사가 좋다(All's Well That Ends Well)."

흠 없는 인생, 만사가 좋은 삶이란 어렵다. 하지만 완벽하지 못하다고 해서 기죽을 필요는 없다.

페르시아 양탄자는 전 세계가 알아주는 명품 중 명품이다.

어떤 것은 예술적, 문화적, 역사적 가치로 천문학적인 가격이라 한다.

그런데 흥미롭게도 혼신의 힘을 다해 만든 양탄자에는 장인이 눈에 띄지 않게 일부러 '흠(Persian flaw)'을 남긴다고 한다.

중국의 고사 완벽(完璧)이란 말처럼 꿰맨 흔적이 없는 '천의무봉(天衣無縫)'이란 신에 대한 도전이기 때문이다. 물도 산도 사람도 그렇다.

水之淸則無魚(수지청즉무어)
물이 너무 맑으면 고기가 없고
山之高峻處無木(산지고준처무목)
산이 너무 높고 험하면 나무가 없으며
人至擦則無徒(인지찰즉무도)
사람이 너무 까다롭게 살피면 친구가 없다.

사람의 마지막 길에는 두 발을 가지런히 모으니 이는 필시 수저와 젓가락이 가지런한 "필정시저"다. 하루를 마감할 때도 처음도 나중처럼, 끝도 시작처럼, 해 뜨는 기운으로 해 지는 때까지!

2

길 위의 오도송(惡道頌), 용서

세상에서 가장 힘든 것이 무엇일까?

모두가 바라는 성공, 출세도 이루기 힘들지만 아픈 과거사를 잊기도 힘들고 원수 같은 사람과 화해하기도 사랑하기도 힘들다.

욱! 하고 쳐대는 분노도 다스리기 어렵다.

바로 어려운 것들 가운데 하나가 '용서'가 아닌가 싶다.

눈앞에서 악을 행하는 자, 은혜를 모르고 배신하는 자, 분수를 모르고 설치는 자,

와신상담하며 칼을 가는 상대 등등은 모두 용서의 대상이다.

Oratio Dominica! 예수가 직접 가르쳐준 기도(주의 기도) 가운데도 언급된다.

우리가 우리에게 죄지은 자를 용서한 것같이

우리의 죄를 사하여 주옵시고.

논어(論語)의 위령공(衛靈公) 편에 나오는 이야기로 공자가 그의 제자 자공(子貢)과 나누는 대화다.

子貢問曰 有一言而可以終身行之者乎,

子曰 其恕乎. 己所不欲 勿施於人.

자공문왈: 유일언이가이종신행지자호,

자왈: 기서호! 기소불욕, 물시어인.

자공(子貢: 공자의 제자)이 공자에게 질문했다. "평생을 두고 죽을 때까지 실천해야 할 말씀(좌우명) 하나가 무엇입니까?" 공자가 대답했다. "서(恕), 그 한마디다. 내가 원하지 않는 것은 남에게도 시키지 말라."

용서라는 한자 '容恕' 글자를 풀어보면 얼굴 '容'이란 말이 '속에 담고 있는 것'을 말하며 '恕'는 '같은 마음'으로 '같은 마음을 품고 죄를 면하여 준다'는 의미다.

영어의 Forgive 또한 for(전적으로, completely), give(주다, giefan)의 뜻이며 라틴어의 'Perdonare' 역시 to give completely, without reservation, 남김없이 완전히 잘못이나 죄를 없애 주는 것이다.

"Peccato Mortale!" 가톨릭과 정교회에서 사용하는 7가지의 근원적인 죄를 가리켜 칠죄종(七罪宗)이라고 하는데 이는 라틴어 septem peccata capitales에서 유래한다.

따라서 이태리어 'Peccato Mortale!'에서 'Peccato'는 라틴어 Peccātum에서 파생되어 '죄'를 뜻하고 'Mortale'이란 단어는 '치명적인', '파멸적인', '결정적인' 뜻을 내포하고 있어 풀이하자면 '죽음에 이르는 치명적인 죄' '용서받지 못할 죄'로 쓴다.

『로마인 이야기』로 유명한 작가 시오노 나나미(Shiono Nanami, 塩野七生)는 5세기 서로마제국 몰락 후 훈족의 침략을 피해 갯벌로 피난해 세운 베네치아 공화국이 소금과 생선밖에 없는 열악한 부존자원 속에서도 어떻게 천 년 동안 번성할 수 있었는가를 찾는 끝에 그 비결을 '페카토 모르탈레(Peccato Mortale)'로 들어 설명했다.

우리식으로 표현하자면 능지처참(凌遲處斬)에 부관참시(剖棺斬屍)할 정도의 대역죄란 두 가지다. 첫째, 공직자가 예산을 낭비하는 것, 둘째, 기업가가 이윤을 남기지 못하는 것이다. 성경에서는 이와 비슷하게 '성령을 모독(근심)하는 죄'로 "사람의 모든 죄와 훼방은 사하심을 얻되 성령을 훼방하는 것은 사하심을 얻지 못한다"고 지적하고 있다(마태복음 12:31~32).

요한 사도도 하느님의 은혜에서 분리된 '죽음에 이르는 죄'의 성립 요건으로 첫째, 죄의 사안이 중대하고, 둘째, 죄짓는 자가 그걸 알고 있으며, 셋째, 자신의 완전한 의지에 따라 죄를 짓는 것이다.

죄라는 사실을 알면서도 습관적으로 반복하는 교만, 음란, 탐욕, 마약, 사기, 나태, 폭행, 시기, 심지어 가스라이팅도 이에 해당한다 할 것이다.

공곡유란(空谷幽蘭) 의란조(倚蘭操)! 2500여 년 전 공자(孔子)는 인적 없는 깊은 골짜기에서 홀로 피어 있는 난(蘭)을 보고서 생애 초반 30여 년 동안 천하를 주유하면서도 뜻을 펴지 못하고 있는 자신을 크게 깨우친다. 진실을 가리는 꼼수를 부리지 말아야 한다.

Peccato Mortale는 비단 로마 이야기만이 아니다.

시간을 낭비한 죄, 은사를 허비한 죄, 권한을 남용한 죄, 분노를 남발한 죄 등등이 그렇다. 하지만 정치판이나 경기장처럼 우리들의 인생길에도 자비의 규칙이 있다. 바로 패자부활전이다. 우리의 죄가 아무리 진홍빛처럼 붉을지라도 희고도 깨끗하게 용서해 주신다는 것이다.

그것은 바로 회개(悔改)로 헬라어 원어 메타노이아(metanoia)의 의미대로 '다시 돌아보다', 죄에서 '되돌아오는' 것이다.

나이 들고 세상을 살다 보니 늘어나는 것은 죄밖에 없는 것 같다.

따라서 인디언들이 자신의 영혼보다 빨리 걷지 않았던 것처럼 죄에 대해서 자신이 먼저 스스로 용서하고 이윽고 남을 용서하는 자세를 가져야 한다.

"이 죄인을 불쌍히 여기시고 자비를 베푸소서(Have mercy on me a sinner)!" 독서백편의자현(讀書百遍義自見)처럼 독송백번의자서!(獨誦百

番義自恕), 매일 백 번 이상 혼자 되뇌며 회개하고 용서를 구하면 혹시 아는가. 강력한 세제로 삶은 것처럼 우리의 마음(洗心)과 정신(洗腦)도, 몸(洗身)도 깨끗해질 수 있을지!

연말에 경부고속도로 상행선 좌측 한 교회 건물에 내건 플래카드가 인상적이었다.

"내 고난은 내 죄보다 약합니다!"

신은 인간에게 두 가지 역설적인 키를 부여했다.

하나는 자유의지다. 초인을 넘어 신적 반열에 이르는 지혜와 재능을 가지고 태어났기에 때로는 선악과나 바벨탑과 같은 본심을 드러내 심판을 받기에 이른다.

다른 하나의 키는 죄책감이다. 자유를 넘어 방만이나 방종에 이르다 보면 마음이 해이해지고 자신도 모르게 부지불식간 궤도나 본질을 벗어나 죄를 짓게 되는데 이러한 죄악에 대해 인간은 양심과 죄책감으로 종국에는 무릎을 꿇고 용서와 자비를 신께 구하는 것이다.

메시아의 본체라는 다윗도 충직한 신하 우리아의 아내 밧세바를 범하는 끔찍한 불륜을 저지른다. 이후 선지자 나단의 훈계를 듣고서 참회록으로 유명한 〈시편〉 51편을 짓는다.

르네상스 전성기의 작곡가인 그레고리오 알레그리는 시편 51편을 소재로 오직 하나의 곡을 남겼는데 〈Miserere mei Deus〉이다.

Miserere mei, Deus: secundum magnam misericordiam tuam.
하느님 저를 불쌍히 여기소서, 당신 자비에 따라 저를 불쌍히 여기소서.

'미제레레 메이(Miserere mei)'는 시스티나 경당에서 테네브레(Tenebrae, 어둠)란 성주간 전례 때에만 연주되는 곡이었다. 촛불이 하나둘씩 꺼지고 어둠 속에서 교황과 추기경들이 무릎을 꿇고 있는 경건한 의식의 마지막에 교황청 소속 합창단과 솔리스트들이 부르는 송가였다.

너무도 장엄하고 큰 열광을 불러일으켜 외부유출을 금했으나 모차르트가 악보를 암기해 기록을 남겼다는 일화로 유명하다.

14살의 모차르트가 아버지 레오폴드와 함께 1770년 4월 11일 성베드로 대성전 성주간 미사에 참여했다가 경당 내부를 울리는 성가대 신비로운 합창의 기억을 숙소에 돌아오자마자 악보에 옮겼다. 이틀 뒤인 4월 13일 주님 수난 성금요일에 모차르트는 이 시편을 가사로 한 곡을 다시 들었고 자신이 기억으로 채보했던 곡을 고치게 된다. 모차르트는 자신의 모자에 악보를 감춰 몰래 반출하게 되는데 이 일은 역사적으로 매우 유명한 일이 된다.

모차르트가 외부에 유출시킨다는 소문에 교황 클레멘스 14세는 그를 문책하려 했으나 10여 분이 넘는 길이의 다성 음악을 한 번 듣고 악보에 모두 옮긴 그의 천재성을 높이 사 크게 칭찬하고 황금박차 기사단 훈장을 수여했다는 후문이다.

내 고난은 내 죄보다 약합니다!

그나마 청문회나 인사 검증도 없이 조용히 넘어가는 세월과 현실에
감사해라! 양심에 따라 자비에 따라.

한적하고 고요한 길을 걸으면서 끊임없이 깨달음을 갈망하는 오도
송(惡道頌)을 읊조리기에는 걷기만 한 수단도 없을 것이다.

〈Nunc Dimittis!〉, Nunc(Now, 이제), Dimittis(lettest, 허락하신다). 선지
자나 지휘자, 열심히 살아온 인생들이 부르는 스완송(Swan Song)이자
오도송이다.

놓아주심은 "Paid-off!" 온전히 보답받았다는 말이 아닐까?

서른(30)밥 먹고 마른(40)밥, 쉰(50)밥도 챙기고 이순의 시절, 이른
(70)밥을 예비하니 내 잔이 넘친다. 내 비록 용운(龍雲)처럼 만해(萬海)
에 못 미치나 그런대로 용필(龍弼) 되어 천해(千海)에 이르고자 하노니,

> 男兒到處是故鄕 (남아도처시고향)
> 남아가 가는 곳 그 어디나 고향이건만
> 幾人長在客愁中 (기인장재객수중)
> 나그네 시름에 겨운 사람 그 몇이던가
> 學問探究眞理界 (학문탐구진리계)
> 배우며 물으면서 진리를 갈고 닦으니

雪裡冬栢片片紅 (설리동백편편홍)

눈 속에 동백꽃이 편편히 붉도다!

한적하고 고요한 길을 걸으면서 끊임없이 깨달음을 갈망하는 오도송(悟道頌)을 읊조리기에는 걷기만 한 수단도 없을 것이다.

3
에듀레저(Eduleisure)

나태주 시인의 〈강연출근〉 시가 있다.

오늘은 햇빛이 맑은 날, 맑은 가을날, 그리고 한글날.
쉬는 날인데도 집에 있지 않고 기차를 타고 강연을 간다

이렇게 시작해서,

사람과 사람이 만나려면 적어도 세 가지의 축복이 있어야 한다. 장소의
축복, 시간의 축복, 무엇보다도 살아 있음의 축복, 생명의 축복이 있어야
한다.

라며 암 투병 후 삶의 향기가 엿보인다.

은퇴 이후 대학교 몇 군데서 강의를 하고 있다. 집에서 멀리 떨어진 곳도 있지만 나는 갈 때마다 '강연여행'을 한다.

관광용어 가운데 '블레저 Bleisure'라는 말이 있다. Business와 Leisure의 합성어로, 출장 중에 잠깐의 여가 시간을 보내거나 출장 전후로 휴가 일정을 보태 여행을 즐기는 것을 말한다.

도랑 친 김에 가재 잡는 일거양득의 출장이다. 지식보부상 주제에 나는 감히 이를 '에듀레저(Eduleisure)'로 쓴다.

Education과 Leisure가 합한 말로 배움 중에 잠깐의 여가 시간을 내어 사색을 즐기는 거나 강의 전후로 사람과 자연 속에서 여유를 맛보는 것을 말한다. 여가를 뜻하는 레저(Leisure)는 라틴어 리세레(licere), '허가 되다'는 뜻으로 일하지 않는 것이 허락된 시간이다.

학교(School)라는 용어도 그리스 아테네학당, 서원 skholé(σχολή)에서 유래했는바, skholé란 "여가, 휴식"으로 소피스트들은 여가 시간에 강의, 토론, 노가리를 풀었다.

그래서 응당 강연이나 설교는 교훈과 함께 재미가 있어야 한다.

미국 예일대 역사상 가장 인기가 많은 '행복 교수'로 불리는 로리 산토스 교수의 강의 비결은 '재미'다. 산토스 교수는 "우리의 삶에 의도적으로 더 많은 '재미'를 주입해야 한다"고 말하고 이를 '펀터벤션(funtervention · fun+intervention)'으로 명명했다. 인생이나 수업에서 재미는 "번 아웃을 예방하고 정신뿐 아니라 신체도 건강하게 해 준다"면서 "재미야말로 진정한 휴식을 줄 수 있다"고 그는 강조했다.

그가 말하는 "진정한 재미는 활동적인 것"이다. 친구들과 차에서 노래를 함께 부른다거나 서핑 등 지금까지 해 보지 않았던 새로운 일에 도전하는 것이다. 직장에서 밴드 활동을 하거나 동료들과 아름다운 길을 걸으면서 사소한 농담을 나누는 것이 충분히 하루를 훨씬 더 즐겁게 할 수 있다고 보고 결국 재미란 훈련이자 움직임에서 나온다고 봤다.

시골에 있다 보면 동네 아저씨는 웅장한 트랙터를 몰고 들녘을 향하는데 난 백팩에 노트북을 담고 강연한다는 것이 커다란 즐거움이자 축복이다.

그리고 무엇보다 행운은 학교 어디쯤에 우월적으로 서 있는 아름드리 메타세쿼이아 군락이다.

> 저는 언제나 고마운 잎사귀들로 호흡을 하고
> 오랜 친구인 반짝이는 해로부터 에너지를 흡수해요
> 단단한 가지들은 모두에게 공평하게 산소를 주기 위해
> 성실한 수천 개의 잎사귀와 함께 열심히 일한답니다.
> 그래서 제 품에 있는 가지들은 지루할 틈이 없지요.

프랑스의 라이프코치 카린 마르콩브가 『숲속의 철학자』 속 나무에게서 터득한 인생수업론이다. 4억 년을 살아온 지구상에서 가장 지혜

로운 철학자로 나무는 우리에게 인내, 회복탄력성, 포용력, 감수성, 소통, 침묵, 단순함, 연대, 리더십, 치유의 힘 등 단단한 삶의 태도들을 가르쳐주고 있다.

나 역시 한 그루의 나무다!

언제나 머리로 찬찬히 생각하고, 고마운 입과 코로 호흡하며, 오랜 친구인 눈으로 반짝이는 해를 보고, 두 귀로는 아름다운 소리를 들으며, 몸속 소화기관들로 바쁘게 에너지를 소비하고, 부지런한 두 손과 성실한 두 발로 공평한 도움을 주기 위해 이곳저곳으로 열심히 찾아다닌다. 그래서 나는 땅 위를 걷는 작은 나무로 지루할 틈이 없다.

나무아미타불(南無阿彌陀佛)!

'나무'란 남무(南無), 남모(南牟), 나모(那謨), 나마(那摩) 등으로 나모(namo)의 음사어로 "귀의(歸依), 예배, 인사"를 뜻하나 내게 '나무'는 아무 사심이 없는 '아무(我無)'라 할 것이다.

전쟁의 공포와 정치의 피폐, 경제의 어려움으로 세상은 늘 신음하고 심란하지만 앙스트블뤼테(Angstblüte)! 두려움(Angst, anxiety) 속에도 꽃이 피듯(Blüte, blossom) 햇살 좋은 시간에 숲속의 지혜자와 길 위의 걸음꾼이 슬며시 조우하며 벗한다.

황공(黃公)에게 Eduleisure란 배우고 즐기며 산보하는 가운데 온전히 누리는 망극(罔極)한 지복(至福, Supreme happiness)이다!

197

4

The Most Divine Walking is
"STOP!"

누워서 본 하늘이 가장 아름다웠던 곳은 사이판, 본섬에서 경비행기로 날아 도착한 어느 한적한 섬이었다. 한나절 서핑에 회식으로 노곤할 무렵 야자수 그늘 속에 누워서 본 하늘은 참으로 고왔다.

동해 끝 작은 섬 죽도에서도, 서북단 백령도 쪽 길에서도, 최남단 마라도 모래밭에서도, 남십자성 밀퍼드 사운드(Milford Sound) 길을 가다가도. 히말라야 부탄(Kingdom of Bhutan)의 산사 Tigers Nest Monastery 에서도, 레만(Leman) 호수 건너 에비앙(Evian) 생수를 마시다가도, 북해의 한적한 소도시 볼렌담(Volendam) 해안 길을 걷다가도, 대서양 동부 아우터뱅크(Outer Banks) 타르(tar) 길을 걸으면서 쳐다본 하늘보다 심상을 적시는 구름은 약품 냄새 진동하는 병상에서 바라보는 하늘의 구름이었다.

어느 해 병상에 누워 창문 틈으로 구름을 보노라니 세상사 부귀공명이 구름 같고 자고(自高)하지 말고, 부끄럽지도 말라고 하늘이 준 작은 육체의 가시를 담고 병원 복도의 길을 걷는 것은 마치 그린 마일(The Green Mile), 사형수가 걸어가는 마지막 길, "라스트 마일" 같았다.

세상에서 가장 아름다운 글쓰기, 솔제니친은 스탈린 모독 글을 썼다는 이유로 시베리아 수용소에 갇혔다. 우울하고 고역의 6년째 어느 날, 그는 문득 글 쓰는 즐거움에 빠진다.

> 기관총으로 무장한 경비병들의 고래고래 고함치는 소릴 들으며 우울하게 걷는 중에, 불현듯 이미지가 줄지어 떠오를 때가 있었다. 급한 나머지 나는 듯이 작업장으로 달려가 글 쓸 구석을 찾곤 했다. 그런 순간이 한없이 자유롭고 행복했다.

종이는 다 압수당했고, 필기구는 구경조차 할 수 없었던 수용소 생활, 어떡하면 머릿속에 떠오른 상념들을 남길 수 있을까 궁리 끝에 그는 불필요한 정보를 지우면 뇌의 기억 공간이 넓어진다는 것을 알게 되었다.

머릿속에서 20줄 정도 글을 써 내려간 다음, 매끄럽게 다듬고 암기하였다. 그렇게 매일매일 암기한 문장들을 한 달에 한 번은 처음부터 끝까지 다 외워 보았다.

2년이 지나자 그의 머리에는 무려 1만 2천 행의 구절이 입력되어 있었고, 석방되자마자 미친 듯이 종이에 옮겨 적었다. 『이반 데니소비

치의 하루』와 『수용소 군도』로 탄생하는 순간이었다. 아우슈비츠 수용소의 빅터 프랭클도 그랬고 남아공 뢰벤섬의 넬슨 만델라도 그랬다.

WHY HENRY(High Income Not Rich Yet)?

우리는 과거 어느 때보다도 안전하고 빠르며, 편리한 시대를 살아가는 현대인! 거기에다 손쉬운 배움의 기회, 질 좋은 의료체계, 최저임금제로 인해 급여도 개선되고 전화 한 통이면 집 앞까지 물건이 배달되는 경천동지(驚天動地)하고 상전벽해(桑田碧海)의 날들을 보내는 현대인들은 왜 아직 행복하지도 부자(富者)스럽지도 못한가?

파편화된 사회에서 공동체는 개인으로 모래알처럼 흩어지고 개인은 더 미세한 존재로 분해되며 서로 이름조차 모르는 고립된 섬의 나노사회(Nano Society)와 머니러시(Money Rush) 시대에 연봉 1억 원이 넘어도 예전에 비해 더 행복하지 않은 역설은 무엇인가?

세상에는 돈만으로는 살 수 없는 것들이 너무 많다. 뭔가를 얻기 위해서는 돈은 기본이고 시간, 정성, 인맥, 때로는 운까지 필요하다. 경쟁과 바쁨의 도시 생활에서 반항적으로 우리는 자연 속의 야생(Rustic Life)이 로망이 되는 시대를 살고 있다.

독일의 석학 발테스(Baltes) 부부가 설명한 '선택-적정화-보완(SOC · Selective Optimization with Compensation)', 우리들의 인생은 젊었

을 때는 정신없이 바쁘게 취사선택하면서 살아왔지만 어느 순간 문득 바빠서 놓쳐버린 삶의 편린들을 한 조각 한 조각씩 모아 삶을 재설정하고 잃어버린 것들을 보완하는 인생 밭을 일군다.

은퇴하면서 천만다행하게도 남도 끝자락 시골의 생가를 재단장하여 도시인들의 로망인 움막생활을 하고 있다. 지금은 4도3촌(四都三村), 나흘은 서울에서, 사흘은 시골에서 '초우담소(草友談所)', 풀 같은 민초들과 이야기 나누는 작은 움막을 지어 안빈낙도(安貧樂道)하는 삶이다.

로마 시대 철학자 세네카는 늘 혼잣말로 불만을 삭였다. '사람들과 자주 어울리고 집으로 돌아올 때면, 나는 이전보다 더 작은 자가 되어 있었다'라고 나이가 들어도 사람들과 많은 이야기를 하고 집으로 올 때면 구멍 난 전대처럼 쓸데없는 말풍선으로 맘의 밑천 털린 느낌이다.

중국 당나라 후기(後唐)에 풍도(馮道)라는 재상은 '5조 8성 11군(伍朝八姓十一君)', 즉 다섯 왕조에서 여덟 명의 성을 가진 무려 열한 명의 군주를 모시며 평생을 재상으로 일했던 사람으로 알려져 있다.
당나라 말기에 태어나 5대 10국 시대를 거쳐 송나라 개국 직전, 73세로 죽기까지 천수를 누리며 무려 40여 개의 관직을 수행한 숨어 있는 '처세의 달인'이다. 처세술을 새길 만하다.

口是禍之門(구시화지문)	입은 재앙을 불러들이는 문이요
舌是斬身刀(설시참신도)	혀는 몸을 자르는 칼이로다.
閉口深藏舌(폐구심장설)	입 닫고 혀를 깊이 감추면
安身處處宇(안신처처우)	가는 곳마다 몸이 편안하다.

움막으로 들어가는 읍내에는 멘토이자 사부로 모시는 조선의 대학자 정약용 선생의 다산초당(茶山草堂)이 자리하니 인향백리(人香百里), 시향천리(詩香千里), 사향만리(史香萬里)로서는 적격이다.

서울 인왕산 자락 부암동 산허리에 오르면 지금은 없어졌으나 조선의 화백 겸재 정선이 50대 초에서 84세로 생을 마감할 때까지 30여 년 살던 집을 그린 '인곡유거도(仁谷幽居圖)'가 있다. '인왕산계곡의 아늑한 집'이란 뜻이다. 서향집을 짓고 서재의 문을 활짝 열어 유유자적하는 모습 그립지 아니한가?

> 생각하는 대로 살지 않으면 결국에는 사는 대로 생각하게 된다.
> Il faut vivre comme on pense,
> sans quoi l'on finira par penser comme on a vécu.
> One must live the way one thinks
> or end up thinking the way one has lived.

프랑스 소설가 폴 부르제가 〈Le Démon de midi(한낮의 악마)〉에서 읊은 바대로 바쁘게 살다 보면, 마음도 번잡해진다.

그래서 옛 선비들은

君子居易以俟命(군자거이이사명)

군자는 편함 속에 천명을 기다리고

小人行險以徼幸(소인행험이요행)

소인은 위험한 짓 속에 요행을 바란다

라며 자신을 다스렸다.

만추의 서정이 무르익은 어느 날 살며시 시상을 떠올린다.

햇살에 스며드는 일이다

가을날 물들어 가는

감나무 잎처럼

뜨겁고 어두웠던 마음들

널어 말리며

이제는 온 힘 다해 살지 않기로 한다.

싹이 돋고 잎이 자라

낙엽이 지는 사이

자박 자박 누군가 오고

또 누군가 가버린

이 이역의 순례에서

그대와 나의 발자국

하나로 포개보는 일이다.

다시 한 번 천천히

나를 꺼내 말리는 일이다.

— 김동수, 〈나이를 먹는다는 것〉

III. 욜드의 습관

행복하다고 불리는 사람

크로이소스는 고대 페르시아 '리디아'의 마지막 왕으로 기원전 560~546년간 나라를 다스렸다. 그는 엄청난 부로도 유명했는데 그리스어와 페르시아어에서 '크로이소스'라는 단어는 '부자'와 동의어였다. 영어 표현에 "as rich as Croesus" 혹은 "richer than Croesus"라는 구절이 있는데 그는 곧 부의 상징이기도 했다. 그런 그에게 어느 날 그리스의 현자 솔론이 찾아왔다. 크로이소스는 솔론을 맞아 궁전에서 환대하고 보물창고를 보여주며 자신의 부를 한껏 과시했다. 솔론이 꼼꼼히 모든 것을 살펴보고 있을 때 이때다 싶어 그에게 물었다. "그대가 이 세상 누구보다도 더 행복한 사람을 만난 적이 있는지 진심으로 묻고 싶소이다" 하며 내심으로는 자신이 세상에서 가장 행복한 사람이라고 믿고 그렇게 물었던 것이다.

그러나 솔론은 아테나이의 '텔로스'가 가장 행복한 사람이라고 진실을 말했다. 뜻밖의 대답에 놀란 왕은 다급하게 그 이유를 묻자 텔로스는 번성하는 도시에 살며 훌륭한 아들들을 두었으며 그 아들들에게 빠짐없이 아이들이 태어나 모두 살아 있고 살림이 넉넉할 때 전투에서 아름답게 죽음을 맞았기 때문이라고 답했다.

왕은 궁금증이 생겨 텔로스 다음은 누구냐고 물었다. 두 번째로 행복한 사람일 것으로 기대하던 왕에게 솔론은 '클레오비스'와 '비톤' 형제를 들었다. 그들은 아르고스에서 개최되는 헤라축제에 어머니가 소달구지를 타고 급히 신전으로 가야 했는데 소들이 제때에 돌아오지 못하자 이들 두 형제가 몸소 멍에를 쓰고 어머니를 모신 다음 축제에 모인 사람들이 보는 앞에서 가장 훌륭한 죽음을 맞았기 때문이라 말했다.

잔뜩 화가 난 크로이소스에게 솔론은 '행복하다고 불릴 자격 있는 사람'에 대해 정의를 내린다. 세상에는 몸이 온전하고 건강하고 시련을 당하지 않고 자식 복이 있으며 잘생겼을 수도 있는 사람들이 많지만 그들은 단지 운이 좋은 사람들일 뿐 누군가 죽기 전에는 그를 행복하다고 부르지 말라고 말이다. 헤로도토스의 『역사』 I 장에 나오는 크로이소스와 솔론의 대화 한 장면이다.

의지의 철학자 니체도 비슷한 말을 했다. 그는 가장 좋은 죽음은 자기를 완성한 사람의 죽음으로 그는 다른 사람에게 둘러싸여 칭송과 영광 속에 죽으며 두 번째는 전쟁터에서 싸우다가 위대한 영혼을 소멸하는 것이라고 한다. 전쟁이 흔하지 않은 오늘날 전쟁 같은 일터에서 죽을 둥 일하는 것은 그래서 행복한 삶일지도 모른다.

동양에서도 보자면 중국 당나라 때 시성 두보(杜甫) 역시 유종(有終)을 강조했다. 그가 지금의 쓰촨성(四川省) 동쪽 기주라는 오지에 있을 때 친구의 아들인 소혜(蘇徯)라는 젊은이가 유배되어 실의에 찬 나날을 보내고 있을 때 '군불견간소혜(君不見簡蘇徯)'라는 시 한 수를 지어 전했다. '소혜, 그대는 보지 못하는가!'쯤 되는 시에서 '장부개관사시정(丈夫蓋棺事始定)'이라 한 것이 그것이다. 사내대장부 일이란 관 뚜껑을 덮어야만 결정되는 것이니 실의에 빠져 원망하지 말라는 것이다.

해마다 유엔 산하 자문기구 '지속가능발전해법네트워크(SDSN)'가 발표한 '세계행복보고서(World Happiness Report)'에 따르면 핀란드와 덴마크, 노르웨이 등 북유럽 국가들이 노상 상위권에 올라 있다. 우리나라는 160여 개 나라 가운데 50, 60등이다.

행복이란 주관적이기에 아무리 계량화한들 난센스 같지만 '휘게'(덴마크)나 '라곰'(스웨덴)과 같은 라이프스타일에 주목하는 것을 보면 나름 일리 있는 조사라고 여겨진다.

다산 정약용 선생은 세상에 온갖 복락이 있어도 그 복이란 두 가지라고 했다. '열복(熱福)'과 '청복(淸福)'이다.

열복은 누구나 원하는 화끈한 복으로 높은 지위에 올라 비단옷을 입고 부귀를 누리고 사는 복으로 모두가 허리를 굽히고, 눈짓 하나에 알아서 엎드린다.

이에 반해 청복은 거친 옷에 짚신 신고 맑은 못가에서 소박하게 한 세상을 건너는 것이다. 넉넉지 않아도 만족(滿足)할 줄 아니 부족(不足)함이 없다.

시골에 있다 하여 청복을 누리는 것이 아니다. 주식에 부동산에 자식 농사에 연금까지 챙기며 부자인 듯해도 아무것도 없는 자가 있고 실상이 스스로 가난하여 곤궁하여도 자산이 많은 부자가 있다. 자신의 앞가림에 열심(熱心)에 열정(熱情)이다 보면 열복을 얻는 사람은 많아도 청복을 얻는 자는 드물다. 권력에 초연하고 재물에 아등바등대지 않으며 사사로운 지혜를 버리고 허무한 것에 주목하지 않는 삶,

구재아자무부족(求在我者無不足)
내게 있는 것을 구하면 족하지 않음이 없지만
구재외자하능족(求在外者何能足)
밖에 있는 것을 구하면 어찌 능히 만족하리오.
일표지수락유여(一瓢之水樂有餘)
한 바가지의 물로도 즐거움은 남아돌고
만전지수우부족(萬錢之羞憂不足)
값비싼 진수성찬으로도 근심은 끝이 없도다.

에필로그

조선 시대 뛰어난 성리학자인 이율곡조차도 학문적으로 높게 평가했다던 구봉 송익필의 〈족부족(足不足)〉이란 한시이다.

불구최귀 단구최호(不求最貴 但求最好)
만족이란 가장 귀한 것보다 다만 좋은 것을 구하는 것이다.

가난해도 만족에 처하며 게으르지 않고 성실히 행하는 자는 부유하면서 굽게 행하는 자보다 낫다.

내 나이 이순에 청복에 처하니
남들이야 부족하게 보아도 나는 족하도다
새벽 일찍 일어나 신문 보고
동산 일출에 동네 한 바퀴 돌고
흰 구름 바람결에 절로 갔다 절로 오고
서쪽 바다 붉은 노을 멍하니 사색하면
어느새 작은 달 안산을 벗어나고
백구에 어린 길고양이 벗에 삼경이 무르익다.
내 마음 고요히 악한 꾀, 오만한 뜻, 헛된 욕심, 죄 된 생각들을 멀리하고
해 뜨면 길을 걷고 비 오면 책을 읽고 벗과 담소하고 주야로 묵상하니,
이만한 삶에서 즐거움 찾고, 행복을 뒤적이니 청복에 만족이라 할 것이다.

Pile est la vérité, 뒤쪽이 진실이다

벌써 2년이 넘도록 아버지를 뵙지 못했다. 지금도 가슴을 허비는 것은 아버지 뒷모습이다.

중국의 작가 주쯔칭(朱自清)의 〈아버지 뒷모습(背影)〉은 이렇게 시작된다.

할머니 장례를 치른 뒤 실직한 아버지는 북경에서 공부하는 아들을 못 미더워 기어이 역전에 전송 나왔고 그사이 아들에게 귤 한 봉다리 사줄 참이었다. 둥근 모자에 까만 괘자, 쪽빛 두루마기를 입으신 아버지가 플랫폼 위 시멘트 바닥에서 순간적으로 기우뚱하실 때 아버지 뒷모습을 본 것이다. 어린 시절 누구든지 아버지의 뒷모습을 보고 자랐다.

시골에서 자란 나 역시 농촌 생활이 그렇듯이 몸이 재산이자 도구여서 아버지에게도 그놈의 지게가 있었다. 그 지게엔 나락이며 땔감이며 고구마를 수북이 쌓아 들에서 지고 집으로 향한다. 지게질에서 중요한 것이 이른바 밸런스, 균형이다.

딱 버티고 아슬아슬 일어나 한 발 한 발 내딛으면 어쨌든 간다.

세월의 무게만큼이나 버겁고 삶의 책임만큼이나 고된 지게꾼의 발걸음, 누군가 그것을 '걷기'라고 친다면 불효자 소리 들어도 싸다.

프랑스의 소설가 투르니에(Michel Tournier)가 쓰고 사진작가 에두아르 부바가 찍어 엮은 〈뒷모습(VUES DE DOS)〉이란 사진집이 있다.

거기 첫 장에 나오는 유명한 구절이 'Pile est la vérité, 뒤쪽이 진실이다.'

> 남자든 여자든 사람은 자신의 얼굴 모습을 꾸며 표정을 짓고
> 양손을 움직여 손짓을 하고 몸짓과 발걸음으로 자신을 표현한다.
> 그렇다면 그 이면은?
> 뒤쪽은? 등 뒤는?
> 등은 거짓말을 할 줄 모른다.
> 너그럽고 솔직하고 용기 있는 한 사람이 내게로 오는 것을 보고 난 뒤에
> 그가 돌아서 가는 모습을 보면서 나는 그것이 겉모습에 불과했음을 얼마나 여러 번 깨달았던가.
> 돌아선 그의 등이 그의 인색함, 이중성, 비열함을 역력히 말해 주고 있으니!

우리네 삶으로 보자면 등은 지나온 과거다. 과거는 거짓말을 할 줄 모른다.

고대 그리스 철학자 플라톤의 『국가』 2권(2.359a~2.360d)에는 '기게스의 반지(Ring of Gyges)'라는 가공의 마법 반지가 나온다. 문헌에 의하면 기게스는 리디아의 왕 칸다울레스의 경호원으로 등장하여 왕비의 미모를 확인시켜 주겠다는 왕의 꾐에 빠져 침실에서 훔쳐보다 왕비에게 들키게 되자 둘은 작당하여 역으로 왕을 살해하는 인물이다. 다른

전설에 의하면 반지 주인공 기게스는 목동이었다. 큰 지진 후 어느 날 동굴 속을 살피다가 거인 시체 손가락에 끼워져 있는 반지를 발견하고 빼 들어 밖으로 나온다. 그는 우연히 자신이 끼고 있는 반지의 흠집난 곳을 안으로 돌리면 투명 인간이 되고 밖으로 돌리면 자신의 모습이 다시 나타난다는 사실을 알게 된다. '보이지 않는 힘'을 갖게 된 기게스는 투명 마법 반지를 이용하여 왕비와 간통하고 결국 왕을 살해한 뒤 스스로 리디아의 왕이 된다는 이야기다.

익명의 사회, 밀실의 공간에서 사람은 더 흐트러지기 쉽다. 사회적으로 큰 파장을 일으켰던 강남의 밤 문화 역시 밀실과 익명성을 담보한 일탈이었다.

진짜 모습에 비해 우리의 겉모습은 쇼윈도에 비치는 허상이다. 우리는 누구나가 '워비곤 호수'에 살면서 자신은 사회적으로 바람직한 특성이 많으며 늘 평균 이상이라고 단정하는 나르시시스트(Narcissist)들이다.

자신의 능력과 도덕성을 과대평가하는 성향을 평균이상효과(Better than average effect, BAE)라고 부르기도 한다.

실제로 2004년 옥스퍼드대에서 실시한 기상천외한 조사결과에 따르면 극명하다. 1,000명의 일반인에게 죽어서 천당에 갈 것 같은 유명인들을 물었다. 마더 테레사 수녀는 79%, 마이클 조던은 65%, 다이애나 왕세자비는 60%로 추정했는데 자기가 죽으면 천국에 갈 것이라는 응답은 무려 87%로 나왔다.

남에게 보이는 잘못은 그나마 빙산의 일각임을 생각한다면 '나는 내가 생각하는 것보다 더 나쁘다'라고 스스로에게 위안해야 한다.

손자병법의 삼십육계(兵法 三十六計)는 제1계 瞞天過海(만천과해) 하늘을 가리고 바다를 건너는 것부터 제31계 美人計(미인계) 등 다양하나 막판 제36계는 走爲上(주위상) 도망가는 것이 상책이다. 하지만 격투기나 권투와 같은 운동 시합에서 뒷모습을 보이는 것은 일종의 치부다. 그래서 쥐어 터져도 이를 물고 버틴다.

장자가 사냥을 나갔을 때 까치가 날아와 밤나무에 앉았다. 화살을 겨누고 보니 까치는 사마귀 뒤통수를 노리고, 사마귀는 매미 등을 노리고 있었다. 『莊子(장자)』의 外篇(외편) 山木(산목)에 나오는 '당랑박선(螳螂搏蟬)', 도미노처럼 눈앞의 이익 앞에 자신의 본모습을 잃는 것을 보고 느끼는 바가 있어 빠져나온 우화다.

하지만 뒷모습은 나처럼 같은 대상을 보는 것이다. 그래서 나 역시 누군가에게 내 등허리를 보여주고 있으니!

우린 수시로 시간 속으로 다양한 뒷모습을 연출하고 사라진다. 그러니 조심하자!

김구(金九) 선생의 애송시로 알려진 조선 시대 임연당(臨淵堂)의 훈계다.

踏雪野中去(답설야중거)　　눈을 밟으며 들길을 갈 때
不須胡亂行(불수호란행)　　반드시 함부로 걷지를 마라.
今日我行蹟(금일아행적)　　오늘 내가 남긴 발자국이
遂作後人程(수작후인정)　　뒷사람의 이정표가 될 것이니!

진리는 늘 가까이 있다

중국의 역사 저술가인 사마천이 『사기(史記)』의 마지막 편 〈화식열전(貨殖列傳)〉에 나타난 지도자들의 통치형태를 빗대 오늘날 정치지도자나 리더들에게 등급을 매긴다.

1등급은 선자인지(善者因之)다. 자연스러움을 따르는 순리의 정치다.

2등급은 이도지(利道之)로서 백성을 이롭게 하여 잘 살게 만드는 정치다.

3등급은 교회지(敎誨之)라고 해서 백성을 가르치려 드는 훈계형 정치다.

4등급은 정제지(整齊之)로 백성들을 일률적으로 바로잡으려는 위압 정치다.

4개 등급 외에 또 하나 최하의 등급을 추가했으니

최하자여지쟁(最下者與之爭)으로 백성들과 다투는 가장 못난 정치다.

공자(孔子)는 정치란 '바르게 하는 것(政者正也/정자정야)'으로 가까이 있는 사람은 기뻐하고 먼 데 사람이 찾아오도록 하는 '근자열 원자래

　　　　　　　　　　　　　　　　　에필로그

(近者說 遠者來)'야말로 정치의 본질이라고 귀띔했다.

　귀이천목(貴耳賤目)이라는 말이 있다.

　'귀로 들은 것은 귀하고, 직접 본 것은 천하다'는 뜻으로 먼 곳의 말로만 듣게 되는 것은 귀해 보이고, 가까이 항상 눈에 띄는 것은 하찮게 여기는 세상인심을 비꼬는 말이다. 그러고도 남는 것이 식탁에 모여 앉아 얘기 대신 먼 데 사람과 SNS 연락 주고받거나, 처마 밑에 파랑새를 두고 먼 데 강을 넘고 산을 넘어 새를 찾는 조류꾼,

　가까운 데 고즈넉한 오솔길을 놔두고 해외로 바다 건너 쏘다니는 걸음꾼들.

　인생의 가을쯤에는 봄꽃보다 곱게 물든 단풍이 더 곱다고 한다.

　화려한 풀꽃보다 때로는 벽에 거꾸로 매달려 오랜 시간 말라버린 마른 꽃이 곱다.

　그래서 카뮈(Albert Camus)의 문장처럼 "모든 잎이 꽃이 되는 가을은 두 번째 봄이다(Autumn is a second spring when every leaf is a flower)"

　찬 이슬 소슬바람에 곡식도 나뭇잎도 겨우살이를 위해 잎사귀들을 떨어뜨리면 번잡했던 들이나 숲은 고요해져 더욱 한가(閑暇)로운 길(閑路)이 된다.

　춥기 전에 나무는 전략상 잎사귀를 떨어뜨리는데 이를 숙살(肅殺)이라 한다. 여기에 이슬과 서리, 바람은 지원군이다.

그래서 가을을 뜻하는 Autumn은 라틴어 Autumus로 무언가 말라가는 계절이고 Fall 역시 feallan처럼 잎이 떨어지는 형태다.

'운문체로금풍(雲門體露金風)'의 선문답(禪問答)이다.

"나무가 마르고 잎이 떨어질 때는 어떠합니까?"

운문선승이 답한다.

"체로금풍(體露金風)이다."

금풍(金風), 서풍은 오행(五行)에서 금(金)에 해당하기에 가을 금풍으로 나무는 본체를 고스란히 드러낸다(體露).

귀곡천계(貴鵠賤鷄)!

고니를 귀하게 여기고 닭을 천하게 여기는 사람들아,

멀리 있는 산이 더 푸르게 보이더라도 늘 가는 동네 뒷산만 하라!

헤어질 결심

신화 시시포스(Sisyphus)나 영화 운전자 '패터슨(Paterson)'처럼 클리셰(cliché), 판에 박힌 듯 타성과 매너리즘(mannerism)에 빠졌을 때 한 편의 스포츠, 한 곡의 노래가 때로 큰 위로가 되듯, 한 편의 시 역시 베토벤, 슈베르트의 교향곡이나 테니슨(Alfred Lord Tennyson)의 〈Ulysses〉처럼 낡고 메말라 쪼그라진 마음에 단비와 같을 때가 있다.

백석(白石)이 사랑했다는 튀르키예 시인 나짐 히크메트(Nazim Hikmet Ran, 1902~1963)의 시가 그렇다.

> 가장 훌륭한 시는 아직 쓰이지 않았다
> 가장 아름다운 노래는 아직 불리지 않았다
> 최고의 날들은 아직 살지 않은 날들
> 가장 넓은 바다는 아직 항해되지 않았고
> 가장 먼 여행은 아직 끝나지 않았다
>   ...
> 어느 길로 가야 할지 더 이상 할 수 없을 때
> 그때가 비로소 진정한 여행의 시작이다.

그렇기에 나는 아직도 배우고 오늘도 걷는다.

후생가외(後生可畏)라는 믿음직하면서도 두려운 말이 있다. 공자께서 제자들에게 가르치기를 마땅히 선생 된 자가 권위나 경륜으로 군림하지 말고 뒤에 오는 후생들을 마땅히 두려워하라는 이야기다.

그러나 더욱 놀라운 가르침은 다음에 있다.

> 四十五十而無聞焉 (사십오십이무문언)
> 斯亦不足畏也已 (사역부족외야이)

40이나 50이 되어서도 배움과 덕으로 이름이 들려오지 않으면 마땅히 두려워할 것이 없다는 말이다.

不患無位(불환무위)	자리 없다고 걱정 말고
患所以立(환소이립)	그 자리에 설 자격이 있는지 살피라
不患莫己知(불환막기지)	나를 알아주지 않는다고 탓하지 말고
求爲可知也(구위가지야)	남이 알아주도록 분발하라

로도스섬은 그리스 본토에서 동쪽으로 $363km$, 터키와의 거리는 14 km에 불과하다. 제주도보다 조금 작고 지중해성 기후에 연평균 기온은 섭씨 8~30도여서 사람이 살기에 매우 좋다. 기원전 4세기 무렵 알렉산더 대왕의 동방 원정으로 헬레니즘 시대가 열리면서 동지중해의 교역 중심지로 3세기가량 번창했고 막대한 부와 군사력을 갖췄으며 학문 분야의 명성은 아테네와 맞먹을 정도였다고 한다.

최근에는 로도스 주변을 포함한 동지중해의 지하자원을 둘러싸고 그리스와 터키 등의 반목이 깊어지고 있다. 미국의 지질 조사 결과 이곳에 17억 배럴의 석유와 3조 4,000억m^3 규모의 천연가스가 매장된 것으로 드러났기 때문이다.

허풍스러운 청년 한 사람이 여행에서 돌아와 많은 사람들 앞에서 허풍을 늘어놓았다. "로도스섬에 갔더니 엄청 높고 멀리 뛸 수 있었다." 하지만 떠벌리기만 할 뿐 그 능력을 사람들에게 증명해 보이지 못하는 청년을 향해 누군가가 외쳤다.

Hic Rhodus, hic saltus(히크 로두스 히크 살투스)!
여기가 로도스다, 여기서 뛰어라!

에필로그

지갑 속이나 호주머니 속에 아직도 남아 있는 옛날 명함, 낡은 업적이나 과거의 축음기를 틀어대며 로도스 시절에 먹이를 주는 것은 새로운 날, 새로운 시작에 대한 레지스탕스들이다.

왜 지금은 없어진, 남이 된 시절을 그리워한단 말인가?

인생의 후반전을 준비하는 하프타임에 가장 먼저 할 것은 바로 '헤어질 결심'이다.

'과거'와의 헤어짐, '대우'와의 헤어짐, 세상의 '평판'들과 헤어질 결심을 해야 한다. 직장을 은퇴하면 가장 큰 체감은 '영향력'이다. 그것은 마치 "우리네 인생 반 고비에 올바른 길을 잃고서, 나는 어두운 숲속에 있었다"라는 단테 알리기에리의 심정과 같다.

하지만 인생의 후반은 멋진 반등과 가슴 뛰는 모험의 시기이기도 하다.

브루킹스 연구소 수석연구원이자 작가인 조너선 라우시(Jonathan Rauch)는 그의 저서 『인생은 왜 50부터 반등하는가(The Happiness Curve)』에서 인생의 행복과 만족도가 중년 이후 U자 형태로 반등하는 데 주목했다. 그는 긍정심리학자들이 내세우는 행복 공식, $H=S+C+V$(H: 지속적인 행복 수준, S: 이미 설정된 행복 범위, C: 삶의 방향, V: 자의로 다스릴 수 있는 요소)에다 결정적으로 빠진 항목 T, 시간을 추가하여 $H=S+C+V+T$로 제시한다.

인간은 시간이라는 괴물에 늘 쫓겨 다닌다. 출근 시간, 마감 시간, 등교 시간, 회의 시간 등등은 삶을 규정하는 우월적 존재, 그래서 늘 시간은 Dead-line이자 D-Day였다.

즉시현금 경무시절(卽是現今 更無時節)! 바로 현재일 뿐 다른 시간은 없다.

지금, 여기(hic et nunc)! 존재적 실존 양식은 이 순간, 이 시간이다.

그러므로 나는 오늘도 배우고 마땅히 걷는다!

● 여유산책(餘猶散策)이라!

동서고금의 종교나 철학 사조의 가르침 하나 가운데 도드라지는 것이 바로 "기다림"이다.

불교는 여름과 겨울에 이른바 '안거(安居)'라고 하여 90일간을 참선 수행에 전념한다. 기독교 역시 예수의 탄생과 부활 그리고 재림을 고대하며 '이미' 그러나 '아직-아닌-존재(des Noch-Nicht-Sein)'를 기다린다. 개신교의 성령행전(聖靈行傳)이라는 〈사도행전〉 28장에는 바울이 그리스도를 온전히 전하는 모습을 잘 서술해 두었다.

바울은 자기가 얻은 셋집에서 꼭 두 해 동안 지내면서, 자기를 찾아오는 모든 사람을 맞아들였다. 그는 아무런 방해도 받지 않고, 아주 담대하게 하나님 나라를 전하고, 주 예수 그리스도에 관한 일들을 가르쳤다(with all boldness and without hindrance).

여기서 단어 'hindrance'가 눈에 띈다.

테니스에서 힌드런스 룰이 적용될 만한 상황을 보자면,

- 포인트 도중에 '말하기'
- 과도하거나 과장된 소리 내기 (라켓 치기, 발구르기 포함)
- 코트에 물건을 떨어뜨리기 (공, 모자 등)
- 상대가 오해할 수 있는 수신호나 제스처

불필요한 언행 없이 '품격(品格)'으로 하나님의 나라를 전했다는 것이다.

품격이란 단어를 자세히 보면 품(品) 자는 입(口)이 셋인 모양으로 대외적인 평가를 말하며 격(格)은 나무가 올곧게 바로 자라는 모습으로 스스로 올곧으면서도 다른 사람들에게 좋은 평을 듣는 것이다. 하지만 아무리 애를 쓴다고 해도 '거짓말쟁이', '위선자'라는 프레임을 씌우는 곳에서는 만사가 헛되기 마련이다. 그래서 예수님도 선지자이면서도 메시아인데도 고향에서는 이적을 베푸시기를 꺼렸다.

그렇다면 어떡할 것인가?

『목민심서』〈해관(解官)〉2조 '귀장'처럼 가을새 잔가지를 떠나듯 이소(離巢)하며 고종(考終)하는 삶의 자세다.

> 淸士歸裝 脫然瀟灑 (청사귀장 탈연소쇄)
>
> 맑은 선비가 돌아가는 모습은 가뿐하고 시원스러워
>
> 弊車羸馬 其淸飆襲人 (폐거리마 기청표습인)
>
> 낡은 수레와 파리한 말이라도 맑은 바람이 사람을 감싼다.

비슷한 말을 노자도 권했다.

> 我有三寶, 特而保之 (아유삼보, 특이보지)
>
> 노자(老子)는 사람이 평생 지녀야 할 세 가지 보배를 기술해 놓았는데
>
> 一曰慈, 二曰儉, 三曰不敢爲天下先, (일왈자, 이왈검, 삼왈불감위천하선,)
>
> 첫째, 자(慈)애로 용감할 수 있고, 둘째, 검(儉)소로 넓게 펼칠 수 있으며,
>
> 셋째, 함부로 앞에 나서지 않는 진중함이다.

이 세월에 무슨 부귀영화에 꽃가마랴?
그냥 지금 그 자리가 꽃자리이리니,

지기추상(持己秋霜)
대인춘풍(待人春風)
여유산책(餘猶散策)이라.

자신에겐 가을 서리처럼 엄격하고

남에겐 봄바람처럼 부드러우며

넉넉(餘)하고도 사방을 두려워(猶)하듯

인생의 길, 신작로를 걷자!

용문점액(龍門點額)!

중국 황하(黃河)의 '용문(龍門)'은 물살이 강해 큰 물고기도 거슬러

오르기 어려운 협곡인데, 일단 물고기가 이 문을 넘으면 등용(登龍)이

되고,

넘지 못하면 문턱에 머리를 부딪쳐 이마(額)에

상처(點)가 난 채 하류로 떠내려간다고 한다.

우직한 소걸음으로 천 리를 가듯(牛步千里)

"I'm still walking!"

멈추지 않고 사부작사부작 걷다 보면 아는가?

어디쯤에서 청룡비상(青龍飛上)하듯

황룡(黃龍)도 날갯짓할지!

나는
멈추지 않는다
I'm still walking!

초판인쇄 2024년 2월 9일
초판발행 2024년 2월 9일

지은이 황용필
펴낸이 채종준
펴낸곳 한국학술정보(주)
주 소 경기도 파주시 회동길 230(문발동)
전 화 031-908-3181(대표)
팩 스 031-908-3189
홈페이지 http://ebook.kstudy.com
E-mail 출판사업부 publish@kstudy.com
등 록 제일산-115호(2000. 6. 19)

ISBN 979-11-7217-131-5 03810

이담북스는 한국학술정보(주)의 학술/학습도서 출판 브랜드입니다.
이 시대 꼭 필요한 것만 담아 독자와 함께 공유한다는 의미를 나타냈습니다.
다양한 분야 전문가의 지식과 경험을 고스란히 전해 배움의 즐거움을 선물하는 책을 만들고자 합니다.